BVT

Es war einmal ein kleiner Junge in Zwirnegg, den seine Mutter vorzeitig ins Leben hinausstieß. »Laß dich hier erst wieder blicken, wenn du ein Held geworden bist.« Dem höflichen kleinen Harald bleibt nichts anderes übrig, als sich zu trollen und den wundersamsten Abenteuern entgegenzustolpern. Dabei trifft er auf so aufregende Gestalten wie den rumbechernden Käpt'n Drago oder Nettelbeck, den berühmten Hosenschlotterer. Inspiriert von der Tradition der Nonsens-Literatur, hat Sibylle Lewitscharoff einen wunderbar witzigen Abenteuerroman geschaffen, anrührend und lebensklug, der sich zum Laut- und Leiselesen ebenso eignet wie zum Langeanschauen, denn die Autorin hat ihr Buch mit zahlreichen eigenen Illustrationen ausgestattet.

*Sibylle Lewitscharoff*, 1954 in Stuttgart geboren, studierte Religionswissenschaften in Berlin, wo sie heute lebt. Sie ist Autorin von Rundfunkbeiträgen und Hörspielen und veröffentlichte 1994 ihr erstes Buch, *36 Gerechte*. Für ihren 1998 im Berlin Verlag erschienenen Roman *Pong* erhielt sie den Ingeborg-Bachmann-Preis.

Sibylle Lewitscharoff

# *Der höfliche Harald*

Berliner Taschenbuch Verlag

Schlau wie 2 Professorsköpfe,
klüger noch als Schipfensteer,
hat geholfen viel & sehr
– Wer? –
Ulrich Moritz, Lebeherr.

November 2002
BvT Berliner Taschenbuch Verlags GmbH, Berlin,
ein Unternehmen der Verlagsgruppe Random House GmbH

Illustriert von Sibylle Lewitscharoff,
gestaltet und gesetzt aus der Stempel Garamond
von Konstanze Berner.
Umschlaggestaltung:
Nina Rothfos und Patrick Gabler, Hamburg,
unter Verwendung einer Illustration der Autorin
Druck und Bindung: Friedrich Pustet, Regensburg
Printed in Germany · ISBN 3-442-76100-X

# *Die drei S.*

In Zwirnegg schlug es zwölf Uhr. Die fünfhundertachtzehn Beamten der Stadt ließen ihre Papiere sinken. Es war noch keine Minute verstrichen, da zogen sie die Schubladen auf und langten nach den flachen Päckchen in Aluminiumfolie, die sie dort neben Radiergummis, runden Briefmarkenschwämmen, Bleistiftstummeln und ein bißchen Staub verwahrt hatten, streiften alsdann die Folie von ihren Mittagsbroten, musterten die Gurken-, Salami- und Käsescheiben auf weicher Butter, schlossen die Brote sorgfältig und bissen – nach einem ernsten Blick in die Kollegenrunde und nicht ohne einander *Mahlzeit!* zuzurufen – hinein. Friseur und Bäcker, Schneider und Schuster taten es ihnen nach. Sie ließen die Rolläden herunter oder hängten ein Schild in die Ladentür: *Mittagsruhe von 12.30 – 14.00 Uhr.* Man saß ein gutes Stündchen geruhsam beim Bier.

Die Zwirnegger Bäuche gluckten vor Behagen und sperrten ihre Nabel auf.
Draußen wehte der Mittagswind, heiß und unberechenbar. Seit mindestens fünfhundert Jahren hatte kein so böser Wind mehr in Zwirnegg geweht. Papierfetzen trieb er im Kreis herum, Blechbüchsen ließ er durch die Straßen rollen. Den Menschen, die jetzt noch im Freien herumliefen, wurden die gefährlichsten Ideen in ihre Köpfe geblasen. Plötzlich taten sie Dinge, die sie fünf Minuten später schon bereuen sollten. Vor seinem Laden haute der Metzger dem Lehrling die Mütze vom Kopf. Der Tankwart rannte im Zorn dreimal um seine Tankstelle. Am Ende der Straße balgten sich zwei Hunde, eine Katze guckte von oben zu. Nebenan ging das Gartentor auf, und ein kleiner Junge wurde auf die Straße geschubst.
Dahinter kam seine Mutter zum Vorschein. »Kinder müssen rechtzeitig fort. Da hilft nichts«, behauptete sie und stellte sich breit in die Toröffnung. »Es ist soweit. Einmal muß Schluß sein.«
Dem Jungen war das ganz und gar nicht geheuer. So etwas hatte er die Mutter noch nie sagen hören, auch ihre Stimme kam ihm merkwürdig vor. Er machte kehrt. Am liebsten wäre er zwischen dem linken Bein der Mutter und dem Torpfosten in den Garten

zurückgeschlüpft. Das gelang ihm aber nicht. Um sie zu erweichen, probierte er es mit seinem sanften Blick. Diesmal war es zwecklos. Genausogut hätte er versuchen können, einen Stein zu erweichen, oder die Turnstange hinterm Haus.

»Laß dich hier erst wieder blicken, wenn du ein Held geworden bist«, sagte die Mutter, »und vergiß nicht: zu einem Helden gehört eine Braut. Hübsch muß sie sein, sonst kommt sie mir nicht über die Schwelle. Nun aber los, verschwinde!«

Es endete damit, daß Harald sich mit zögernden Schritten entfernte. Immer wieder blieb er stehen und drehte sich um. Eine Hand in die Hüfte gestemmt, stand die Mutter wie ein jedesmal kleinerer Wachtposten da. Verzagt malte er sich aus, daß er bestimmt nicht weit kommen würde. In seiner Hosentasche befanden sich nur fünf Mark und zwei zerbrochene Kekse. Ganz schön wenig, wenn man in die Welt muß! Den Kopf voller Sorgen, bog er in die Straße ein, die hinab zum Fluß führte.

Es dauerte nicht lang, da stand er vor einem klapprigen Kahn, der am Ufer festgemacht hatte. Ein dicker gemütlicher

Mann mit Bart werkelte darauf herum. Während Harald ihm zuschaute, beruhigte er sich ein wenig. Ob er den Mut finden würde, den Mann anzusprechen? Schließlich gab er sich einen Ruck und sagte: »Hallo.«

»Hallo«, erwiderte der Mann und lüpfte seine Kappe. »Was machst du hier so allein?«

»N-nichts.« Aus Verlegenheit bohrte Harald mit der Spitze seines linken Schuhs ein Loch in die Erde.

»Nichts ist verdammt wenig«, sagte der Mann, »im übrigen siehst du mir aus wie ein frisch hinausgeworfenes Kind. Willst du nicht auf mein Schiff kommen, da können wir alles Weitere besprechen.« Und mit der größten Selbstverständlichkeit streckte er die Hand über die Reling und half Harald hinüber.

»Na also, dann wollen wir erst mal was trinken«, sagte er, kaum daß Harald den ersten Fuß an Bord gesetzt hatte, und verschwand in seiner Kajüte. Gleich darauf kehrte er mit zwei Blechtassen und einer Kanne Jamaika-Rum zurück. Sie machten es sich auf einer Bank bequem.

»Scharfes Gesöff«, meinte der Mann. Nachdem er den ersten Schluck ge-

nommen und Haralds Becher randvoll geschenkt hatte, stellte er sich ohne Umschweife vor: Drago sei sein Name, ein schöner Name, wie Harald wohl zugeben müsse, er schmücke Kapitän, Steuermann und Maat auf diesem Kahn, alle drei zugleich, denn Drago war alles in einem. Er sah ihn herausfordernd an: »Und du?«
Harald nahm einen Schluck Rum. Daß er neuneinhalb Jahre alt und erst zweimal in seinem Leben verreist war, und zwar beide Male zu seiner Großmutter nach Kalkrück, wen kümmerte das schon? Der dreifache Seemann meinte dazu nur jaja und soso, in Anbetracht der Langeweile seines bisherigen Lebens sei er auf einem Schiff ganz gut aufgehoben.
»Kann ich mich irgendwie nützlich machen?« fragte Harald und schickte einen besonders braven Blick durch seine Brillengläser.
»Aber ja«, sagte Drago. »Du kannst dich mit den Sidonies beschäftigen, das wäre mir eine große Hilfe.« Und ohne daß noch ein Wort der Erklärung gefolgt wäre, wurde Harald in die Kajüte geschickt. Sich am Geländer festhaltend, stieg er die steile Treppe hinab. Auch in der Kajüte ging es beengt zu, aber sie machte ihm gleich einen behaglichen Eindruck. Auf dem Tisch lagen drei Mäuse und

schnarchten. Harald wollte nicht unhöflich sein und rückte behutsam einen Stuhl vom Tisch weg. Sofort fuhren die drei in die Höhe.
»Huch!« machte Sidonie-Isabell.
»Hach!« quiekte Sidonie-Karamell.
Sidonie-Grisaline hatte es die Sprache verschlagen.
»Gottchen, Kind! Hast du uns erschreckt«, knüpfte Sidonie-Isabell das Gespräch an.
»Das machst du wohl immer so, wie?« wollte Sidonie-Karamell wissen, die einen grundsätzlichen Argwohn gegen Kinder hegte.
»Nein, nein«, beteuerte Harald und war in allem bemüht, den schlechten Eindruck zu verscheuchen, der nun einmal heraufbeschworen war.
Sidonie-Grisaline lenkte ein wenig ein. »Na gut«, sagte sie, »ausnahmsweise wollen wir dir Glauben schenken.«
Sidonie-Isabell war aber keinesfalls zufriedengestellt. »Und?« fragte sie bohrend. »Warum bist du überhaupt gekommen? Das hat doch einen Grund, oder?«
»Der Kapitän hat mir aufgetragen, mich um euch zu kümmern«, antwortete Harald wahrheitsgemäß, merkte aber gleich, daß er einen schweren Fehler begangen hatte. Alle drei Sidonies pfiffen empört durch die Zähne.

»Ist ja noch schöner«, ärgerte sich die eine. »Was für ein Unfug!« schalt die andere. Sidonie-Grisaline winkte ab: »Kennen wir, kennen wir. Immer schickt er uns jemand unter dem Vorwand, uns zu unterhalten. Und worauf läuft es hinaus?«

»Auf gar nichts!« Die Antwort besorgten sie diesmal zu dritt, eine Antwort so unwiderleglich wie der berühmte Satz von der Dreimaligkeit, welcher besagt, eine Maus ist eine Maus ist eine Maus, und zwar zu Wasser, zu Lande und in der Luft. Obendrein klang das Ganze wie hundertmal geübt.

»Wir haben in jedem Fall das Nachsehen«, fuhr Sidonie-Karamell unwillig fort, »es bleibt immer an uns hängen. *Wir* müssen nämlich *dich* unterhalten, das ist der Knasterbaster, der zum Himmel stinkt.« Zur Bekräftigung spuckte sie einen Batzen auf den Tisch, ein braunes Gewölle mit grünlichem Schleim.

»Das ist doch nicht wahr!« Harald war leider zu aufgebracht für eine wirkungsvolle Verteidigung. »Mich hat noch nie jemand unterhalten müssen, weil ... weil ...«

»Na gut«, sagte Sidonie-Isabell gönnerhaft, »wir wollen es auf einen Versuch ankommen lassen.« Die Mäuse steckten ihre Köpfe zusammen und tuschelten. Sie kicherten wie die Erbsen, ringelten ihre Schwänze zweimal um sich herum, kreuzten die

Vorderpfoten über ihren Bäuchen und hockten sich steif hin.
»Naaaa ...«, machte Sidonie-Isabell nach einer Weile genüßlich, »du wolltest uns doch was erzählen, Kleiner. Wir sind ganz Ohr.«
Auf Haralds blassem Gesicht zeigten sich rote Zornflecken. Wüste Bilder von Mausmartern schossen ihm durch den Kopf. Er überlegte angestrengt, mit welcher Geschichte er das freche Pack ein für allemal zum Schweigen bringen könnte.
»Also«, sagte er und holte tief Luft, »es war einmal ...« Weiter kam er nicht. Die drei Sidonies ließen sich glucksend auf den Rücken fallen. Vor lauter Lachen blieb ihnen die Luft weg, und sie wedelten wie verrückt mit den Pfoten.
»Es war einmal ...! Es war einmal ...! Ein unerhörter Anfang!« platzte es aus ihnen heraus.
Harald ärgerte sich sehr über die Unterbrechung, wollte aber nicht lockerlassen. »Es waren einmal ein Räuberkönig und seine Frau«, fuhr er mit ruhiger Stimme fort, »die lebten froh und sorgenfrei ...«
»Kokolores!« quietschte Sidonie-Grisaline dazwischen. »Ein König, sorgenfrei?«
»Einem König drückt die schwere Krone aufs Haupt«, ergänzte Sidonie-Karamell, »verkaufe uns bitte nicht für dumm.«

»Es waren einmal ein Räuberkönig und eine Räuberkönigin«, beharrte Harald, »die lebten froh und sorgenfrei. Ihr einziger Kummer war ...«
»Ertappt!« schrie Sidonie-Isabell. »Deine Geschichte ist voller Widersprüche. Erst leben sie sorgenfrei, dann haben sie Kummer. Keine vernünftige Maus kann sich darin zurechtfinden!«
So ärgerlich er war, Harald mußte lachen, als Sidonie-Isabell sich vorbeugte und mit erhobener Pfote, einem schmalen Händchen aus durchsichtigem Horn, auf ihn einpiepste. »Wenn ihr unbedingt eine Geschichte hören wollt«, sagte er schließlich, »dann müßt ihr auch still sein. Sonst kann kein Mensch was erzählen.«
»Bitte, bitte. An uns soll's nicht liegen«, meinte Sidonie-Grisaline. Sie verdrehte die Augen nach oben und gab sich betont aufmerksam. Zu allem Überfluß bemerkte sie noch ganz nebenbei: »Einleitungen überhören wir generell.« Ihre erlöschende Stimme ließ alle wissen, daß man ihr zuviel zugemutet hatte.
Harald straffte den Rücken, verschränkte die Arme und nahm den Faden wieder auf. Er erzählte vom Räuberkönig Ferdinand und seiner Frau Rosalie, die keine Kinder bekamen, wie sie sich grämten und man um sie herum schon zu murren begann, bis eines Tages die Tür des Räuberhorstes von selbst auf-

sprang und eine zarte Fee hereintrat, die ein dickes rosa Räuberkind, den kleinen Filibuster, in ihren Armen hielt …

Als Harald aufsah, um die Wirkung der Geschichte auf seine Zuhörerinnen zu überprüfen, merkte er, daß alle drei fest schliefen. »Dann brauche ich mich nicht länger zu bemühen«, sagte er und hörte sofort mit dem Erzählen auf.

Leise klirrten zwei Gläser, und am Futteral des Fernrohrs klickte unentwegt ein loser Druckknopf gegen das Metallstück auf der Unterseite, leicht wie ein Vogel, der pickt. Über der Tür schwebte ein ausgestopfter Alligator, und bei jedem Ruck, der durch den Schiffsleib ging, schaukelte er mit. Überhaupt alle Dinge, die schweren wie die leichten, die aus Holz wie die aus Glas, wurden von einem Zittern erfaßt – das Straußenei in seinem silbernen Halter, die gekreuzten Speere an der Wand und die vielen bäuchlings ausgestellten Flaschen, in denen winzige Fregatten mit geblähten Segeln steckten.

Erst jetzt hörte Harald den Motor brummen. Sie waren also unterwegs, und das schon eine ganze Weile. Die Mäuse rührten sich nicht. Überflüssig, sie im Schlaf zu bewachen, dachte Harald, und kletterte wieder an Deck.

Drago stand in seinem Steuerhaus und blickte

gleichmütig auf den Fluß, dessen träge Wassermassen sich durch grüne Wiesen und braungelbe Stoppeläcker wälzten.
»Na, wie kommst du zurecht?« fragte er beiläufig und guckte dabei geradeaus, wo das Wasser dieselben stumpfen Wellen warf wie am Ufer.
»Die Mäuse benehmen sich etwas eigenartig«, sagte Harald vorsichtig.
»Du bereust es schon?« erkundigte sich Drago.
»Nein, nein«, beteuerte Harald, »aber ich gebe mir alle Mühe und ...«
»Das bißchen Mäusehüten wirst du mit der Zeit schon hinkriegen«, sagte Drago und zündete sich die Pfeife an.
Harald schwieg. Er traute sich nicht, den Kapitän zu fragen, wohin die Reise ging. Ein Held zu werden war sicher schwer, und Harald zweifelte, ob es ihm je gelingen würde.

## *Verschluckt!*

Nun waren sie schon Tage unterwegs, ganze Tage und ganze Nächte. Der Fluß war mit einem größeren Fluß zusammengeflossen, und sie fuhren auf einem breiten Strom. An Dörfern und Städten ging es vorüber, an Städten mit Wolkenkratzern und weiten Brücken, die den Fluß überspannten. Autos, zu dichten Schlangen gestaut, krochen auf ihnen ans andere Ufer. Mächtige Schiffe tauchten auf, Schiffe, die ihre Schornsteine wie Hüte ins Genick legten, wenn sie unter den Brücken durchschlüpften. Neben ihnen wirkte Dragos alter Kahn lächerlich – wie ein Stück Holz, das man ins Wasser geworfen hatte und das der Fluß vor sich her trieb, wie es ihm paßte. Harald hatte sich eingelebt. Sein Lieblingsplatz war das eingerollte Tau am Bug. Dort hockte er oft stundenlang, den Rücken an eine Kiste gelehnt. Vor allem nachts, wenn es noch warm war, saß er gern auf Deck, froh, daß keiner ihn herumkommandierte oder ins Bett schickte. Einmal schaute er zu, wie ein hellerleuchteter Zug am Ufer entlangglitt, eine Weile neben dem Schiff herlief und dann in die Ferne vorauseilte, immer in Richtung Norden. Norden, der war in Haralds Vorstellung merkwürdig steil, und gegen ihn anzuklimmen war sicher schwer. Ob der Zug geradewegs nach Norden fuhr?

In Gedanken besetzte Harald ein Abteil mit verschiedenen Leuten. Mit viel zu vielen, wie er gleich darauf feststellen mußte: eine alte Frau mit Perücke, Hut und Pudel, eine Mutter mit vier kleinen Kindern, zwei Soldaten und ein Ehepaar mit filzgrünen Lodenmänteln und Hirschknopfwesten. Am Fenster links saß ihr Sohn, ein prächtiger Zwölfender, auf den beide sehr stolz waren. Das Abteil war gestopft voll, und zu ihrem Unglück brachten es die Passagiere einfach nicht fertig, ihr Gepäck auf der Ablage zu verstauen. Ein fürchterliches Durcheinander, in dem zu allem Überfluß auch noch gesungen wurde. Dabei war der Hirsch natürlich sehr im Wege.

»Obacht, mein Geweih«, hörte Harald ihn röhren und wunderte sich, warum er ausgerechnet auf einen Hirsch gekommen war. Kaum daß alle saßen, begann das Gezerre und Gezurre von neuem, jetzt wurden die Taschen mit den Vesperbroten heruntergeholt. Wie laut das Einwickelpapier beim Auspacken knisterte! Wie laut die Münder kauten und schmatzten und selbst während sie aßen weitersangen!

> Hoch im Norden sitzt der Frost
> auf eis'gem Gipfel in Nordost,
> säuft Prickelbier und Grönlandmost
> bei schmaler Schnee- und Zapfenkost.

Zwei Dosenverschlüsse zischten, eine Bierflasche rülpste, und schwupp! war das Abteil davongeflogen. Vom vielen Nachdenken über die Vesperbrote hatte Harald selbst Hunger bekommen. Er langte nach einem Apfel und benagte ihn von allen Seiten. Den Butzen warf er anschließend ins Wasser.
»Man läßt nichts verkommen«, mischte sich Sidonie-Grisaline ein, die die ganze Zeit auf der Kiste gesessen und alles mit angesehen hatte.
»Vom Kerngehäuse eines Apfels und dessen Stiel leben zwei Mäuse achtzehneinhalb Stunden oder eine Maus entsprechend länger«, fügte sie belehrend hinzu.
»Ich glaube fast, du willst uns absichtlich ans Leder«, behauptete Sidonie-Isabell, »einer Maus ver-

weigern, was ihr zukommt, heißt nach ihrem Leben trachten oder ihr nichts gönnen, was auf dasselbe hinausläuft.«

»Entschuldigung«, murmelte Harald, bei dem sich sofort das schlechte Gewissen meldete, »ich habe hier noch eine halbe Banane …«

»Wie bitte? Eine halbe?« Diesmal war es Sidonie-Karamell, die sich aufregte. »Du bietest uns eine angebissene Banane an? Mit deinem Zahnabdruck? Ganz abgesehen davon, daß es unhygienisch ist, erstaunt mich deine Unhöflichkeit doch sehr!«

Harald seufzte. Es war schwer, mit den Sidonies auszukommen. Verdrossen aß er die halbe Banane auf und versuchte, die Beschwerden der Mäuse zu vergessen, die nicht aufhörten, ihm vorzurechnen, wie viele Mäuseleben damit vergeudet wurden und wie vertan diese Nahrung im Magen eines geizigen kleinen Jungen war. Insgeheim malte er sich aus, wie er jede einzelne Sidonie am Schwanz packen und über Bord werfen würde, genau wie den Apfelbutzen!

Vor ihnen dehnte sich das grüne Meer. Eine Weile waren sie noch am Küstensaum entlanggefahren, dann sah man ringsum nichts als Wasser, das in der

Ferne einen flachen Bogen bildete, hinter den der graue Himmel niedersank. Inzwischen war es kälter geworden, und Drago hatte Harald eine Jacke gegeben. Mit ihren ausgebeulten Taschen reichte sie ihm bis zu den Waden. Harald fühlte sich sehr wohl in der Jacke, überhaupt mochte er Drago gern, und die Dienste, die der Kapitän von ihm verlangte, führte er geschickt aus. Drago ernannte ihn abwechselnd zum Büchsenöffnerkönig, Bohnenchef oder Knotenkaiser, je nachdem, ob Harald mit dem stumpfen alten Büchsenöffner eine Büchse in Nullkommanichts aufkriegte, auf dem Spirituskocher Bohnen warm machte oder das Schlingen von Seemannsknoten übte.

Es war am Donnerstag vor Allerseelen. Der Himmel war grau und dunstig und vom Meer kaum zu unterscheiden. Harald hockte auf seinem Tau und kniff die Augen zusammen. Da sah er einen weißen Fleck am Horizont.

Es wird ein Segelschiff sein, sagte er sich und schaute eine Weile weg. Kurz darauf war der Fleck größer, schon viel zu groß für ein Segelschiff und der Form nach eher wie ein großes aufgestelltes Rechteck.

»Seht ihr da drüben das weiße Ding?« wandte sich Harald an die Mäuse, die hinter ihm auf der Kiste dösten.

»Was für ein Ding?« tat Sidonie-Karamell ahnungslos.
»Er meint bestimmt irgendein Dingsbumsding oder eine Kinkerlitze«, erklärte Sidonie-Isabell, »jedenfalls nichts, womit sich eine anständige Maus befaßt.«
»Aber ihr schaut ja gar nicht hin!« beharrte Harald. »Wir fahren direkt darauf zu, und es wird immer größer.«
»Ach so, *das* meinst du«, sagte Sidonie-Grisaline und hielt eine weitere Beschäftigung mit der Sache für überflüssig.
»Er muß ein sehr dummes Kind sein«, seufzte Sidonie-Karamell, »er kennt nicht einmal die Große Gardine.«
Obwohl er nur zu gern alles über die Große Gardine in Erfahrung gebracht hätte, hielt Harald den Mund.
»Die Große Gardine ist, wie der Name schon sagt, die Große Gardine«, erklärte Sidonie-Isabell, »und nun verschone uns bitte mit deinen ewigen Fragen.«
Ach, es hatte gar keinen Sinn, sich mit den Mäusen abzugeben, entweder sie verweigerten die Auskunft, oder sie schwatzten um die Wette und stifteten bloß Verwirrung. Inzwischen waren sie der Großen Gardine ein ganzes Stück näher gekommen. Sie spannte sich zwischen zwei Torpfosten, die direkt aus dem

Meer aufragten. Zwei riesige weiße Stoffbahnen flatterten hoch und fielen wieder herunter, bis der Wind sie von neuem aufhob und bauschte.

Harald hielt es nicht länger auf seinem Stammplatz. Er rannte zum Steuerhaus und bestürmte Drago mit Fragen über das große weiße Ding, auf das sie geradewegs zufuhren.

»Es ist tatsächlich eine Gardine«, sagte Drago, »meistens liegt sie im Nebel verborgen, und die Schiffe fahren an ihr vorüber. Höchstens eine Handvoll Seefahrer hat sie je zu Gesicht bekommen, und es gibt kaum einen, der es wagte, unter ihr durchzufahren.«

»Und du? Bist du schon mal durchgefahren?«

»Natürlich, sonst wären wir ja nicht hier.«

Im übrigen zeigte der Kapitän nicht die mindeste Spur von Besorgnis. Seelenruhig stand er da, rauchte Pfeife und lenkte den Kahn wie ein Spielzeug mit Zeige- und Mittelfinger der linken Hand. Das graue Meer aber hob leise wachsend das Schiff empor, und es herrschte eine eigenartige Ruhe, selbst die geschwätzigen Wellen waren mit einem Mal stumm. Nun waren sie schon recht nah an das Tor herangekommen, riesengroß ragte es vor ihnen auf, viel größer als all die Brücken und Häuser, die sie während der Fahrt passiert hatten. Es war aus Stein gebaut, und ein Gewimmel von Figuren schmückte es, die einander überkletternd sich in Massen auf ihm tummelten. Bei dem Versuch, sie einzeln anzuschauen, bekam Harald Kopfweh.

Die Stoffbahnen hingen herunter, von keinem Lufthauch bewegt, riesengroß und so weiß, daß man beim Hinschauen von ihnen geblendet wurde. Mit Müh und Not konnte Harald die Aufschrift entziffern, die sich über beide Teile wölbte. *Willkommen auf den Kaldaunischen Inseln* hieß es da, doch er kam nicht mehr dazu, Drago nach dem seltsamen Namen zu fragen.

Die Gardine war bis auf wenige Meter herangerückt. Eine Bö kam auf und griff nach allen losen Dingen, ließ sie ächzen und wanken, schleuderte sie hoch, schlug sie entzwei. Die Gardine umgab das Schiff wie eine böse knatternde Fahne. Gischtbäche rollten über den Bug, Wellen krachten aufs Deck und schlugen in der Mitte zusammen. Der Kahn knackte in allen Fugen und knarrte mit sämtlichen Planken. Eine Riesenwoge hatte ihn von hinten ge-

packt, und nun schoß er in rasender Fahrt himmelan, pfeilhoch ins blendende Weiß.

Harald wäre glatt über Bord gegangen, hätte Drago ihn nicht am Arm gepackt und in das Steuerhaus gezogen. Mit einer Hand klammerte er sich ans Steuerrad, den Rücken stemmte er gegen die Tür der Kabine, damit das Wasser nicht weiter hereinschwappte. Die Mütze hatte ihm der Wind vom Kopf gerissen, seine Pfeife wirbelte irgendwo im Meerschaum.

»Keine Angst!« brüllte er. »Wir sind gleich durch!«

Kaum hatte der Kahn den Kamm der Welle erreicht, stürzte er kopfüber in eine tiefe Schlucht.

»Jetzt kommt der Strudel!« rief Drago. Harald konnte ihn kaum verstehen, so laut heulte es aus dem Abgrund, der sich vor ihnen auftat. Der Rand des Strudels war ganz von der weißen Fahne eingefaßt, doch sein Inneres glich einem riesigen Trichter, mit Seitenwänden glatt und glänzend wie schwarzes flüssiges Glas.

»Festhalten!« schrie Drago, und schon stürzte der Kahn in das grausige Loch. Erst flog er ein gutes Stück über den Rand des Abgrunds hinaus, dann blieb er auf halber Höhe der kreisenden Wasserwand hängen und sauste mit ihr in dem tosenden Wirbel herum. Harald drehte sich alles im Kopf.

Hatte er Angst? Seltsamerweise nicht. Drago war ja noch da – was konnte ihm Schlimmes passieren? Erst jetzt bemerkte er, daß der Kahn nicht allein im Strudel kreiste. Zerbrochene Kisten wirbelten mit, Schuhe und Blechtassen, Dragos Pfeife, ein Liegestuhl, das Straußenei, der ausgestopfte Alligator, Schiffsplanken, Blumentöpfe, ein Schwimmring aus Plastik, ein himmelblaues Sofa, und auf dem Sofa saßen – unglaublich! – drei alte Weiber, die an einem einzigen Strumpf strickten und dabei grölten:

Schweig still! Kusch! Kusch!
Hier wird gestrickt!
Drei Watschen her, das Muster zwickt!
Die Nadel ist ohne Tadel,
die Wolle von Adel,
obschon Klassen besser
das Säbeltigermesser
oder ein weißes Zähnlein vom Hai
in einem grün gesprenkelten Kuckucksei.

Harald schwindelte, ihm wurde mau und flau, und um seinen armen Magen zu schonen, besann er sich krampfhaft auf eine Rechenaufgabe. Kurzerhand zählte er sämtliche Sidonies und Weiber zusammen und multiplizierte das Ganze mit der Anzahl der

Stricknadeln. Dann begann er alles wieder voneinander abzuziehen.
»Rechnen in Schräglage macht seekrank«, sagte er sich und hätte darauf gern noch ein, zwei Gedanken verschwendet, aber da schlug der Kahn am Grund des Strudels auf. Harald wurde vor- und zurückgeschleudert, dabei flog ihm die Brille von der Nase. Der Kahn drehte sich ein paarmal um die eigene Achse, dann kam er in einem größeren Kreis allmählich zur Ruhe. Endlich zeigte der Bug wieder nach oben. Nach dem wilden Hinab wirkte das langsamere Hinauf fast gemütlich. Drago ließ das Steuerrad los und fischte in dem zurückweichenden Schwappwasser nach der Brille, zog ein Schnupftuch aus der Hosentasche und trocknete die Gläser damit. »Du hast dich wacker gehalten, alter Knabe! Besser als jeder erfahrene Seemann. Ich verleihe dir hiermit den Tapferkeitsorden der Großen Gardine, erster Klasse, wohlgemerkt!« Der Kapitän setzte die Brille wieder auf Haralds Nase und stopfte ihm das weiße Taschentuch in die Brusttasche, zog einen Zipfel heraus und zupfte ihn zurecht. Spätestens jetzt war Haralds Magen wieder in Ordnung.
Der Kahn fuhr zwar noch im Kreis, aber inzwischen so gemächlich, daß man ohne Gefahr an Deck gehen konnte. Auch machte die Wasserwand, an der sie

sich entlangbewegten, längst nicht mehr einen so finsteren Eindruck. Im Gegenteil, sie leuchtete zart, und als Harald näher hinschaute, sah er durchsichtige Schirmchen im Wasser schwimmen. Obenauf hatten sie eine Zeichnung aus vier weißen Kreisen, die Ränder der Schirme waren mit kurzen Haaren besetzt. Sie schwammen zu Hunderten, vielleicht Tausenden, alle in einer pulsierenden Bewegung, und der Stoff, aus dem sie gemacht waren, schien sich kaum vom Wasser zu unterscheiden.

»Eine Quallenschule aus lauter kleinen Ohrenquallen«, sagte Drago und kratzte sich am Kopf. Was Ohrenquallen in der Schule lernten, war ihm selbst nicht ganz klar.

»Vielleicht ist das ihre Lehrerin«, sagte Harald und zeigte mit dem Finger auf eine mindestens dreimal so große Qualle. Ihr Schirm war übersät mit weißen Punkten, darunter hing ein fein verfilztes Gewebe mit Spitzen aus bräunlichem Schaum.

»Du hast recht«, sagte Drago. »Es ist eine Sternhimmelqualle, und die sind sehr gescheit. Wahrscheinlich sind wir gerade in ihre Physikstunde geraten, und sie bringt den Ohrenquallen bei, wie es zugeht, wenn Erde und Mond gegenseitig ihre Kräfte messen. Manchmal ist der Mond so stark, daß er sogar das Meer ein Stück vom Ufer wegziehen kann, dann

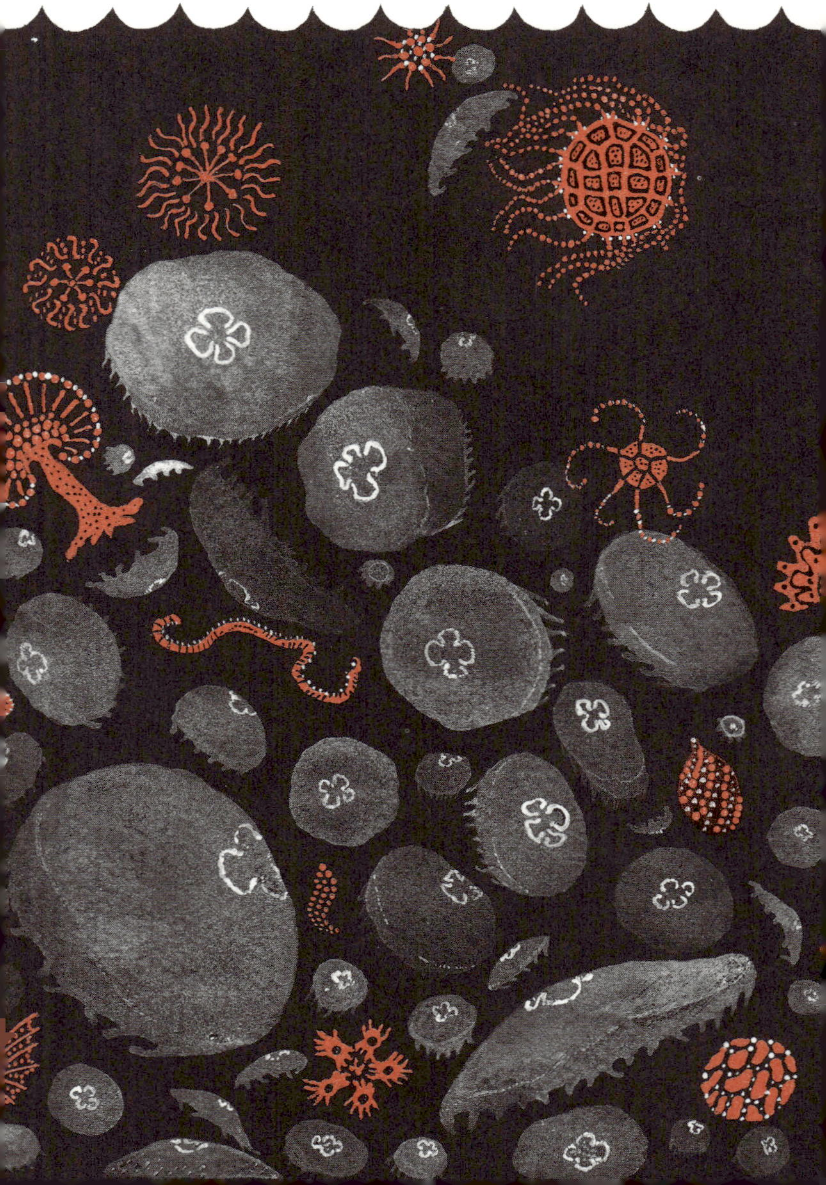

macht er wieder schlapp, und alles Wasser fließt zurück. Darüber Bescheid zu wissen könnte nützlich sein, meinst du nicht?«

Harald hörte kaum zu. Seine Augen verloren sich an dieses Gewoge von Tieren, die sich so sanft durcheinanderbewegten. Bis der Kahn den Mund des Strudels erreicht hatte und die von allen Seiten zusammenfließenden Wasser das Meer wieder schlossen. Alle Gegenstände, die sie beim Hinabsausen verloren hatten, wurden ihnen nun von den Wellen zurückgebracht – der Liegestuhl, die Blechtassen, Dragos Pfeife, der Alligator, das himmelblaue Sofa. Eine besonders fürsorgliche Welle ließ das Straußenei direkt vor Haralds Füße rollen, während sie murmelnd um Entschuldigung bat und sich zurückzog.

Wie beim Bobfahren hintereinandergeklemmt, sausten die Mäuse auf dem Kamm einer größeren Welle an Deck. Sie schüttelten das Wasser aus ihrem Fell, kletterten auf die Reling und spazierten betont unauffällig an Harald vorüber.

»Wasserstrudel sind nichts für kümmerliche kleine Buben«, sagte Sidonie-Grisaline im Vorbeigehen, »er ist der Beweis.«

»Er ist bleicher als ein fettfreier Käse.«

»Er hat Schlotterknie und einen verkorksten Magen.«

Nach einer kurzen Strecke machten die drei kehrt und marschierten wieder zurück.
»Wenn der Ärmste wüßte, was *noch* alles auf ihn zukommt!« Diesmal war es Sidonie-Isabell, die den Chor anführte.
»Er würde sich sofort übergeben!«
»Er würde sich freiwillig ins Meer stürzen!«
Harald verspürte überhaupt keine Lust, sich ins Meer zu stürzen. Es gab dazu auch nicht den geringsten Anlaß. Es war warm. Die Sonne schien, weiße Wölkchen trieben wie Federvieh am blauen Himmel, das Meer war friedfertig und glänzte. Von fern hörte er das Flappen der Großen Gardine und wunderte sich, daß hinter ihren Bahnen ein anderes Wetter herrschte. Die Mäuse konnten ihm die Stimmung nicht verderben. Ja, er fand sogar Vergnügen daran, abzuwarten, mit was für Parolen sie noch vor ihm aufkreuzen würden.
»Wenn wir auf Isola Muris landen, wird er sein blaues Wunder erleben«, begann Sidonie-Karamell.
»Andere Länder, andere Sitten, das ist nun mal so.«
»Auf Isola Muris muß man gelenkig sein wie eine Maus und schlau wie eine Ratze, sonst –«
Und schon grölten sie im Chor:

Papperlapapp!
Rübe ab!
Und kein Palaver
um 'nen Knabenkadaver.

Harald konnten sie damit nicht erschrecken. Er wußte, daß er sich auf Drago verlassen konnte. Und was konnte einem tapferen Kapitän und einem ebenso tapferen Knaben schon passieren? Nichts, womit sie nicht fertig würden! Harald pfiff durch die Zähne, was ihm noch nie zuvor gelungen war. Dann nestelte er an seiner Brille, setzte eine Unschuldsmiene auf und ging näher an die Reling heran.

»Wie schön, daß ihr wieder da seid. Ich war schon ganz traurig, weil ich dachte, das Meer hätte euch für immer verschluckt.«

»Wie brav er gucken kann, wenn er lügt«, sagte Sidonie-Isabell.

»Mich seift er damit nicht ein«, sagte Sidonie-Karamell.

»Immerhin ein gewisses Anzeichen von Schläue«, sagte Sidonie-Grisaline, »und davon wird er noch jede Menge brauchen, wenn er auf Isola Muris auch nur einen Tag überleben will.«

Tatsächlich wölbte sich in der Ferne ein Hügel aus

dem Meer, auf den sie Kurs genommen hatten. Drago stand inzwischen wieder im Steuerhaus und lenkte den Kahn. Seine Pfeife hatte er kopfüber neben sich liegen. Zum Anzünden war sie noch zu naß.

*Ratzeputz*

Nicht weit vom Strand warf Drago den Anker ins Meer. Harald half ihm, das Beiboot ins Wasser zu lassen.

»Du wirst jetzt mit den Mäusen einen Ausflug machen«, sagte Drago.

»Und du?«

Bei dem Gedanken, mit den Mäusen allein in einer unbekannten Gegend herumzulaufen, bekam Harald wacklige Knie.

»Ich muß hierbleiben und das Schiff wieder in Ordnung bringen. Es gibt eine Menge zu reparieren, wobei du mir im Augenblick nicht helfen kannst.«

Dagegen gab es leider nichts einzuwenden. Außerdem – die Schnuppernasen der Sidonies wiesen gebieterisch in Richtung Land. Sie brannten darauf, fortzukommen und pfiffen bereits unwirsch durch die Zähne. Wohl oder übel mußte Harald sich ihnen

anschließen. Beherzt sprang er in das Boot, in dem die Mäuse schon hockten, und ruderte an Land. Als er das Boot auf den Sand zog, schlugen die Mäuse mit einem trockenen Boff! neben ihm ein.
Harald schaute sich um. Nichts Besonderes, diese Insel. Ein bißchen Strand, hie und da ein paar harte Gräser wie auf einer Tuschzeichnung, und was hinter der Düne lag, konnte man von hier aus nicht erkennen. Nirgends gab es eine Spur von Lebewesen. Nicht einmal eine Käferspur oder der eingedrückte Kratzfuß eines Vogels im Sand. Ein leeres Land, gab es das überhaupt? Jedenfalls war die Insel nun ihrer Einsamkeit entrissen, zu viert spazierten sie auf ihrem Buckel herum. Als Harald sah, wie die Mäuse aufs Geratewohl lostippelten und ihre Schwänze dazu hin und her schlängelten, bekam er plötzlich Lust, sie nachzuahmen. Er machte den Rücken krumm, ließ sich auf Hände und Knie fallen, und zu seiner Verblüffung kam er auf allen vieren fast genausogut voran wie auf zwei Beinen.
»Du machst dich, wer hätte das gedacht«, wurde er von Sidonie-Grisaline gelobt. »Aber ohne Schwanz wirkt es ein bißchen unbeholfen. Wenn du willst, können wir dir einen besorgen. Zwar ist es keine Kleinigkeit, einen zwei Meter langen Schwanz aufzutreiben, aber ...«

»O bitte bemüht euch nicht«, fiel Harald ihr ins Wort und richtete sich wieder auf. Als Maus wollte er nun doch nicht gelten, schon gar nicht in einem fremden Land.

»Schade, daß du dich nicht einfügen willst«, sagte Sidonie-Karamell.

Sidonie-Isabell stieß ins selbe Horn: »Er hält sich für was Besseres, wie dumm! Aber es wird ihm schon noch einleuchten, welche Vorteile man als Maus genießt. Schließlich sind wir Mäuse die klügsten Wesen auf der ganzen Welt.«

»Und«, ergänzte Sidonie-Karamell, »die schönsten obendrein.«

Sie waren nur noch wenige Meter von der Kuppe des Sandhügels entfernt. Wie es dahinter wohl aussehen mochte? Harald gelangte als erster nach oben. Dahinter war nichts als ein graues Geröllfeld. Es wurde von einer Betonpiste durchschnitten, die direkt auf sie zulief. Aber eines war sonderbar: die Piste säumten kleine viereckige Pfosten, auf denen jeweils ein Stückchen Edamer Käse lag.

»Das ist alles?« fragte Harald. Er konnte seine Enttäuschung kaum verbergen.

»Wunderbar! Was für ein herrlicher Anblick!« rief Sidonie-Grisaline, die gerade neben ihm anlangte.

»Eine unermeßliche Schönheit, mit Worten nicht zu

fassen,« sagte Sidonie-Isabell, »überwältigend, einfach überwältigend!«

»Welche Pracht! Was für eine großzügige Anlage! Sie haben weder Mühe noch Kosten gescheut. Alles, was das Herz begehrt, in Hülle und Fülle«, schwärmte Sidonie-Karamell und sah Harald aufmunternd an. »Da bist du baff, was?«

»O ja«, sagte Harald, »es ist sehr beeindruckend. Aber wirkt es im ganzen nicht vielleicht doch etwas eintönig?«

»Eintönig?« riefen die Mäuse und überschütteten den armen Jungen mit Vorwürfen.

»Daß du für keinen Pfifferling Verstand hast, ist zur Genüge bekannt, aber ein bißchen Schönheitssinn, das hat doch jeder! Ist das etwa zuviel verlangt? Muß man dir alles erst beibringen? Diese zauberhafte schnurgerade Geradlinigkeit läßt dich wohl kalt, was? Ist dir wohl piepegal, wie?«

»Jetzt, wo ich genauer hinschaue, finde ich es doch irgendwie überzeugend«, sagte Harald. »Aber warum alles Ton in Ton, warum ein so trauriges Grau?« Damit schürte er den Ärger der Mäuse erst recht.

»Das ist doch das Allerletzte!« schrie Sidonie-Isabell. »Du bemäkelst das Grau? Ausgerechnet grau, die Mutter aller Farben!«

»Das haben wir gleich«, sagte Sidonie-Karamell

giftig und schwenkte ihren Hintern vor Harald auf und ab. »Welche Farbe kleidet denn unser Fell? Hm? Hast du auch nur einmal darüber nachgedacht?« Dabei warf sie den Kopf über die Schulter und zeigte Harald drohend die Nagezähne.

So ging es noch eine ganze Weile hin und her, als plötzlich am Ende der Piste ein Gefährt auftauchte, das schnurstracks auf sie zugerasselt kam. Der Wagen bestand aus einem offenen Schuhkarton mit Rädern. Zehn weiße Mäuse waren davorgespannt, die im Galopp dahergerannt kamen. Die Zügel hielt eine fette Ratte mit hocherhobenem Schwanz. Ihren Kopf schmückte ein umgestülpter Kronkorken mit einem gelben Knopf.

»Der große Ratzeputz!« raunten die drei Sidonies ehrfurchtsvoll und fielen der Länge nach auf ihre Bäuche.

Der Schuhkarton rollte Harald direkt vor die Füße.

»Ihre hochwohlbeleibte Mayonnäs, König Ratzeputz der Fünfundzwanzigste«, verkündete das Mäusegespann wie aus einem Mund. Respekteinflößend war dieser Auftritt gerade nicht, doch Harald nahm sich fest vor, höflich zu bleiben und dem König alle Ehre zu erweisen. »Einen schönen guten Tag wünsche ich meinerseits«, sagte er in freundlichstem Ton und wartete gespannt.

»Meinerseits ist nicht deinerseits«, zischte der König zu ihm hoch. »Was bist du für ein häßliches Ding?« Mit einem Satz war er aus dem Wagen herausgehüpft, verschränkte die Pfoten vor der Brust und begann, einmal um Harald herumzulaufen.
»Wo hast du deine Schnurrhaare gelassen?« fragte er bohrend, als er vorn wieder angekommen war.
»Ich habe leider keine«, antwortete Harald, »Knaben in meinem Alter haben gewöhnlich keine Schnurrhaare.«
»Aha«, machte der König und versank in tiefes Nachdenken. Dabei setzte er sich auf die Hinterbeine und stützte seinen Kopf in die linke Pfote. Harald wollte ihm ein bißchen auf die Sprünge helfen: »Wenn sich Majestät daran stören ...«
»Pssst!« zischten die zehn weißen Mäuse. Vorwurfsvoll sahen sie Harald an und legten ihre Pfoten auf die Schnauzen.
Eine Zeitlang geschah nichts. Daß Ratzeputz heftig am Denken war, merkte man nur seinem Schwanz an, der nervös zuckte und einen Brocken Käse vom nächstgelegenen Pfosten fegte.
»Du machst aber auch alles falsch«, flüsterte Sidonie-Grisaline, die noch immer auf dem Bauch lag und ihren Kopf ein klein wenig hob. »Du hättest ihm sagen sollen, daß du untröstlich bist, weil du deine

Schnurrhaare zu Hause vergessen hast, oder noch besser: weil sie dir gestohlen wurden. Also, sei nicht so blöde und mach es schleunigst wieder gut!«

»Haarloser Knabe, dummes Gehabe«, murmelte der König, ohne aufzublicken, »die Welt ist ein Gulaschtopf. Alles vergeblich und unerheblich.«

Ratzeputz schien auf einmal tieftraurig.

»Majestät machen sich ohne Grund ein schweres Herz«, versuchte Harald, ihn aufzumuntern, »von zuviel Nachdenken wird man ganz trübsinnig.«

»Kann Er nicht den Mund halten?« fuhr Ratzeputz ihn an. »Was denkt Er sich dabei?« Und mit einem kreischenden Was?Was?Was? sprang er in die Höhe und rannte der Reihe nach alle Pfosten ab, hob die Käsestücke hoch, und weil darunter nichts zu finden war, fraß er eins ums andere auf. Harald kam dieses Betragen sehr ungewöhnlich vor, besonders von einem König, von dem er mehr Vernunft erwartet hätte.

»Der große Ratzeputz säubert das Spalier. Das macht er mindestens zweimal am Tag«, erklärte eines der Mäusepferdchen.

»Wie interessant«, sagte Sidonie-Grisaline, die inzwischen aufgestanden war und das Spiel andächtig verfolgte. »Ein großer König, dieser Ratzeputz. Man sieht es ihm schon von weitem an.«

»Ein echter Vollblutkönig«, murmelte Sidonie-Isabell anerkennend, »er gönnt sich keine einzige Verschnaufpause.«

Harald mußte sich große Mühe geben, um nicht zu grinsen. Der dicke Ratzeputz war vom vielen Zickzacklaufen und Fressen auf den Rücken gefallen und schnappte nach Luft. Das Gespann wendete auf der Stelle. Die drei Sidonies rannten hinterdrein und waren Ratzeputz beim Aufstehen behilflich. Aber weil er so schwer und unförmig war, hatten sie alle Mühe, ihn in den Wagen zu hieven. Harald konnte nicht länger mit ansehen, wie sie sich abmühten. Er packte Ratzeputz am Nackenfell und setzte ihn in die Kiste. Der schrie wie am Spieß und bekam einen Schluckauf.

»Um ein Haar hättest du ihn ermordet«, behauptete Sidonie-Karamell und war damit nicht einmal ganz im Unrecht, denn Ratzeputz wurde von so mächtigen Hicksern gebeutelt, daß er bei jedem Aufmucken fast den Karton umwarf. Nun aber legte sich das Mäusegespann mit aller Kraft ins Zeug, und schneller, als es gekommen war, rollte es auf der Piste zurück. Weil sie mit der Kutsche nicht Schritt halten konnten, liefen die Sidonies in einigem Abstand hinterdrein.

Harald, der es nicht allzu eilig hatte, mit Ratzeputz'

Königreich näher bekannt zu werden, bildete das Schlußlicht.

Eine halbe Stunde später, nachdem es unentwegt auf der einzigen Straße entlanggegangen war, die es auf Isola Muris gab, und Harald viele Male gegähnt hatte, weil es weit und breit nur Geröll, Geröll aus flachen, splittrigen Steinen zu sehen gab, war die Straße plötzlich zu Ende. Sie endete aber keineswegs im Nirgendwo, sondern an einem Stapel aus kugeligen braunen Gebilden. Brotlaibe! ging es Harald durch den Kopf, und wahrhaftig, die Häuser von Isola Muris bestanden aus runden hohlgefressenen Sauerteigbroten. Ihre Dächer waren mit Mehl bestäubt, und die Seitenwände hatten eine abgeplattete Stelle, wo sie früher einmal mit anderen Broten zusammengebacken waren. Jedes Haus hatte vorne ein Loch, und aus diesen Löchern sprangen jetzt überall Mäuse hervor, gut hundert an der Zahl oder mehr.

Ratzeputz wurde aus seinem Wagen gehoben und auf den eilends herbeigeschleppten Thron gesetzt, einen alten Aschenbecher mit länglichen Ablageschalen, die dem König als Armstützen dienten.

Dann holte man die Mäusepferde aus ihrem Gespann. Harald fiel auf, daß das Geschirr – die Zügel, die Ringe, die Schnallen – aus lauter Käsefäden bestand. Das muß eine sehr elastische Sorte sein,

dachte er und wunderte sich, weshalb die Pferdchen das Zaumzeug nicht längst gefressen hatten.
Wie die Häuser wohl von innen aussahen? Harald bückte sich und nahm einen Brotlaib aus der obersten Reihe des Stapels. Aus dem Loch blitzten ihm acht schwarze Augen entgegen. Behutsam legte er den Laib zurück. Da erhob sich von allen Seiten ein fürchterliches Gezeter. Es quietschte und fiepte in den höchsten Tönen:
»Zu Hilfe! Zu Hilfe! Ein Dieb!«
»Ich habe doch gar nichts gestohlen«, rief Harald, »einmal hineingeschaut ist nicht gestohlen.«
»Macht ihm den Prozeß! Schleppt ihn auf den Richtplatz!«
»Jetzt sitzt du ganz hübsch in der Falle«, wisperte jemand in sein Ohr. Sidonie-Grisaline war im Tumult an ihm hochgeklettert und hockte nun auf seiner Schulter. »Am besten, du willigst in alles ein und tust genau, was sie von dir verlangen. Vor allem: kein Wort mehr! Deine Verteidigung übernehme ich.«
Natürlich dachte Harald nicht daran, sich alles gefallen zu lassen. Er war ja vollkommen unschuldig. Aber er war neugierig auf den Prozeß und wollte erst einmal abwarten.
Unterdessen hatte sich das Mäusevolk in einem Halbkreis versammelt. Harald wurde angewiesen,

sich in die Mitte zu stellen. Als er mit seinen großen Schuhen an die vorbezeichnete Stätte trat, stürzten die Zuschauer Hals über Kopf auseinander, und es dauerte eine Weile, bis sie sich beruhigt hatten und wieder zurückkehrten. Nur Ratzeputz zeigte keine Angst. Er hatte noch immer mit seinem Schluckauf zu kämpfen und schien die Aufregung überhaupt nicht zu bemerken.

Nun trat ein stattlicher Mäuserich in die Runde. Eine weißgepuderte Lockenperükke saß auf seinem Kopf, um den Bauch trug er eine scharlachrote Binde, und als Stütze diente ihm ein silbernes Stöckchen mit rattenbeinernem Knauf.

»Ihro Gnaden! Hinlänglich verehrungswürdige Versammelte!« begann er in hochtrabendem Ton und machte eine Verbeugung vor Seiner Majestät. »Was uns hier und heute zusammenführt, ist keine Kleinigkeit und erst recht kein Vergnügen, wie manche von euch glauben«, und er sandte einen strengen Blick zu den jüngeren Mäusen in der vordersten Reihe, die hin und wieder kicherten. »Im Gegenteil! Gerechtigkeit ist eine schwere Bürde« – er umklammerte den Stock mit beiden Pfoten und beugte sich über ihn –, »schon mancher ist daran entzweigebrochen. Gerechtigkeit« – er richtete sich wieder auf – »ist auch ein scharfes Schwert. Drum sage ich: schneidet ihn durch!«

Die Rede fand großen Beifall, die Mäuse fiepten und pfiffen und sprangen vor Vergnügen einmal um sich selbst und ließen Corromini – so hieß der Oberstaatsanwalt – dreimal hochleben. Corromini war aber noch lange nicht am Ende seiner Rede angelangt.

»Erschwerend kommt hinzu, daß der Missetäter – dieser grobe, ungeschlachte Riese – ebenso dreist wie frech zu uns hereingepoltert ist, ohne …«, er machte eine Kunstpause und hob beschwörend die rechte Pfote, »ohne daß ihn jemand darum gebeten hätte.«

»Schamlos! Empörend! Fie! Fie! Fie!« schrie die Menge. Einige Mäuse ballten die Fäuste und reckten sie zornig zu Harald empor.

»Und deshalb rate ich«, nahm Corromini

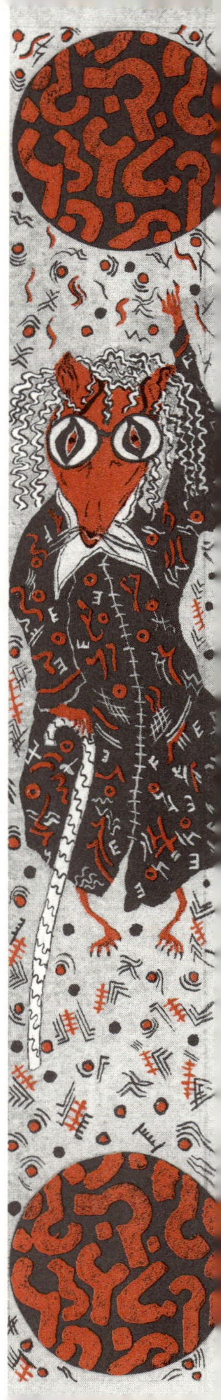

den Faden wieder auf, »deshalb rate ich: schneidet ihn in acht Teile oder in zwei!«

»Wahrhaftig gut gesprochen«, sagte Ratzeputz, der sich von seinem Schluckauf erholt hatte. Viel Arbeit sei geleistet worden, bemerkte er anerkennend. Behördlicherseits würden Vermerke folgen, die das Urteil mumifizierten und sakrifizierten. Er erhob sich von seinem Thron und rieb sich vergnügt die Pfoten. An dieser Stelle hielt es Sidonie-Grisaline für angebracht, sich einzumischen.

»Mayonnäs«, sagte sie so sanft wie möglich, »ich gebe zu bedenken, daß der Dieb keine Maus, sondern ein Mensch ist, und Menschen besitzen bekanntlich einen sehr geringen Verstand. Ihr Geist wiegt nicht mehr als ... sagen wir ... ein Schnipsel Seidenpapier und hängt an einem hauchdünnen Faden. Hoheit begreifen, *wie* fadenscheinig es in so einem Kopf aussehen muß? Mit *wie* wenig Vernunft so ein Wesen auskommen muß? Praktisch mit gar keiner!«

»Oh«, sagte Harald, »ich glaube nicht, daß ich einen so mickrigen Verstand habe. Jedenfalls weiß ich genau, daß ich unschuldig bin, und wenn die werte Versammlung die Geduld hätte, mich anzuhören, könnte ich auch begründen, warum.«

»Dummer Kerl«, zischte Sidonie-Grisaline und biß

ihn ins Ohr. »Jetzt hast du mein schönes Plärrojee völlig verdorben.« An die Versammlung gewandt, fuhr sie fort: »Meine Lieben, der Fall ist klipp und klar. Der Angeklagte handelte aus niedrigen Beweggründen, und diese waren so niedrig, daß kein Verstand der Welt hinabreicht, sie zu ergründen.«
»Interessant«, murmelte Ratzeputz und faßte Harald scharf ins Auge. »Und wenn wir zu seinen Beweggründen hinabstiegen, was gewönnen wir?«
»Vielleicht sogar die Wahrheit«, sagte Corromini.
»Der Wahrheit darf sich kein König verschließen«, sagte Ratzeputz und lächelte mild, »denn die ist, wie man weiß, aus Pappe.« Dann schnippte er mit einer Pfote: »Fesselt ihn, marsch, marsch!«
Im selben Moment stürzte ein Rudel Rekruten aus der königlichen Leibgarde auf Harald los. Sie kletterten seine Beine hoch und wuselten kreuz und quer auf ihm herum. In Windeseile war sein Leib mit Käsefäden umspannt. Wie unangenehm das Zeug auf seinen nackten Beinen klebte! Sobald er sie bewegte, ziepte es wie bei einem Pflaster, das Härchen um Härchen von der Haut abgezogen wird. Dann wurde von hinten an ihm gezerrt. Sein Körper bog sich zurück, weiter und weiter, bis er merkwürdig leicht und lautlos zu Boden sank. Die Rekruten des Königs zogen die Fesseln immer enger. Etwas rück-

sichtsvoller könnten die schon mit mir umgehen, dachte Harald. Es kam ihm am klügsten vor, den Moment für eine wirkungsvolle Verteidigung abzuwarten. Angst hatte er keine. Fesseln aus Käse – einfach lächerlich! Er brauchte bloß aufzuspringen und alles über den Haufen zu werfen. Dann würde er den Mäusen beweisen, daß er als Freund, nicht als Feind gekommen war. – Tja, wenn das so einfach gewesen wäre. In Wirklichkeit war Harald gar nicht bei Kräften, er fühlte sich trocken und hohl. Seltsam auch, daß seine Jacke wie dürres Laub knisterte, wenn die Mäuse an ihm zupften.

Viele Gaffer umringten den gefesselten Jungen. Aufgeregt schwatzten alle durcheinander, rissen faule Witze und feuerten die königliche Garde an, die Riemen fester zu ziehen. Bis plötzlich ein strenges »Silentium« dem Geschwätz ein Ende machte.

»Silentium!« sagte Corromini noch einmal, trat neben den Thron und setzte eine feierliche Miene auf. »Es ist soweit. Das Urteil wird vollstreckt. Mayonnäs, hochlöbliche Insulaner, nach Paragraph Edam K, Würfel 404, geschehe, was geschehen muß: Man schneide ihn entzwei!«

Er klopfte dreimal mit seinem Stock auf den Boden, und vor ihn trat der Scharfrichter des Königs, eine pechschwarze Kellermaus mit blutroter Kappe, die

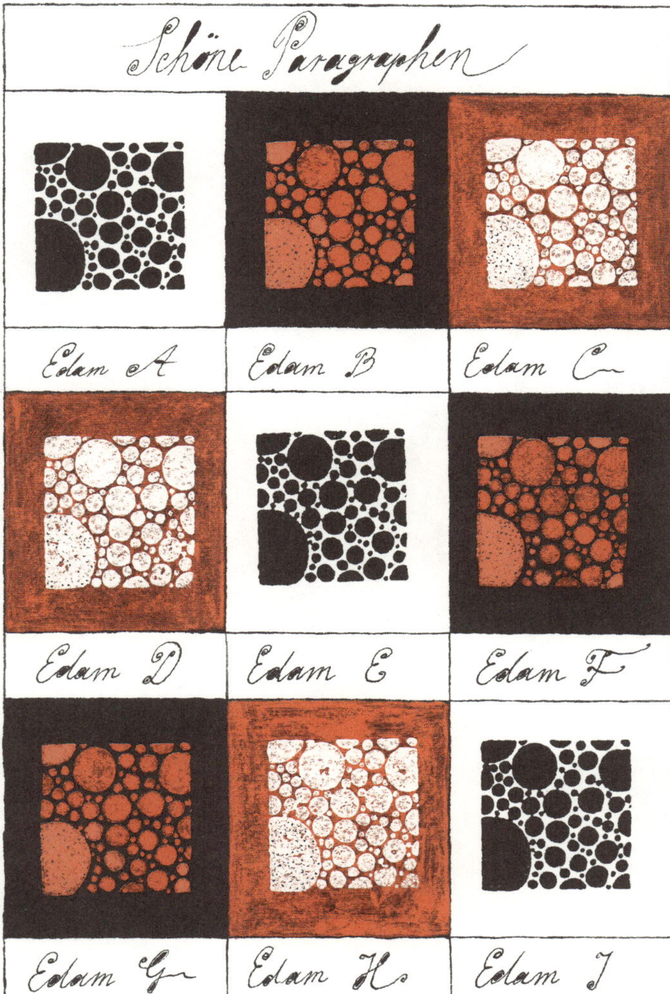
Schöne Paragraphen
Edam A
Edam B
Edam C
Edam D
Edam E
Edam F
Edam G
Edam H
Edam I

1
2
3
4
5
7
8

1
2
3
4
5
6
7
8

Edam K.

ihr Gesicht bis auf die Augen vermummte. Mit beiden Pfoten hielt er das Mordinstrument: eine scharfe, blitzende Schere.
»Ist Er bereit?« Der Scharfrichter nickte. »Wohlan denn, schnippschnapp ans Werk!«
Jetzt wurde es Harald doch etwas mulmig. Ringsum war es ganz still. Als der Scharfrichter mit seiner Schere klapperte, wollte er sich mit einem Ruck losreißen. Umsonst. Die Fesseln schnellten wie starke Gummibänder zurück und hielten ihn fest.
»Mach dir nichts draus«, flüsterte Sidonie-Grisaline, die neben seinem linken Ohr saß. »Ich habe das leichteste Urteil für dich erwirkt, eine Bagatelle. Kitzelt ein bißchen, das ist alles.«
Es gelang Harald, den Kopf zu heben. Er bemerkte zu seinem Entsetzen, daß der Scharfrichter schon den rechten Fuß durchgeschnitten hatte. Wie leicht das ging! Wie schnell die Schere vorwärtskam! Ratschratschratsch, und sie war schon am Knie. Wenn er nicht so aufgebracht gewesen wäre, hätte er lachen müssen, denn es kitzelte wirklich. Weh tat es nicht, und es floß kein Tropfen Blut. Warum auch? Papier blutet ja nicht. Und Harald – das stellte er mit einer gewissen Erleichterung fest – bestand ja nur aus Papier, von Kopf bis Fuß aus zartem raschelndem Seidenpapier.

Trotzdem war er empört. Auch wenn er nur aus Papier war, gab es noch lange keinen Grund, an ihm herumzuschnippeln.
»Hört sofort damit auf!« wollte er schreien, aber seine Stimme klang ungewohnt spröde, und an Stelle der Wörter kam bloß ein aufgeregtes Knistern über seine Lippen. Harald fragte sich nicht einmal mehr, ob er für immer stumm bleiben müsse, so ausgelaugt fühlte er sich. In seinem Kopf wurde es blaß und blasser, bis die Gedanken ganz daraus verschwanden.
Ratzeputz spazierte indessen geschäftig auf dem Jungen herum, der ausgestreckt wie ein Teppich dalag. Korrekt sollte alles vonstatten gehen, darauf kam es ihm an. Die Schnittlinien mußten glatt und sauber sein. Eingerissene Stellen hätte er um keinen Preis geduldet.
»Aufgepaßt und Obacht! Präzision ist hier das A und O!« sagte er und beugte sich tief über die Schnittkanten, um sie genau zu studieren. Für solche Fälle trug er stets eine Lupe bei sich. Aber er hätte sich die Ermahnung sparen können. Der Scharfrichter war ein Meister seines Fachs. Geschickt hatte er soeben Haralds Bauchnabel durchtrennt und war nur noch wenige Scherenlängen von seinem Herzen entfernt.

Je näher er diesem kam, desto ungeduldiger wurde der König. »Heraus damit!« rief er und trippelte auf der Stelle. »In einem Zug um die Kurve herum. Und bitte: die Spitze schön spitz!«
Im Nu hatte der Scharfrichter das Herz in der Hand und überreichte es seinem hochbeglückten Herrn.
Harald sah allem wie aus trüber Ferne zu. Er fühlte nichts mehr. Allmählich löste sich alles auf.

## *Krakeele*

»Paß auf, tropf nicht!« klang es von weitem an sein Ohr.
»Ich paß schon auf«, gab jemand ärgerlich zurück. »Ist schließlich nicht das erste Mal.«
»Wenn das Herz nicht richtig sitzt, ist alles umsonst«, meldete sich eine dritte Stimme, »bißchen mehr nach links ... ja, stopp! So ist's gut.«
Ein scharfer Geruch lag in der Luft. Was war das bloß? Harald versuchte angestrengt, sich darauf zu besinnen, bis ihm endlich einfiel – Klebstoff! Natürlich, es roch nach Klebstoff. Harald fühlte einen kühlen Fleck auf seiner Brust, der rasch trocknete und die Haut in mürben Fältchen zusammenzog. Haarfeine Risse überzogen seinen Körper auch am Bauch und an den Beinen, ja sogar zwischen den Zehen. Dort war das Zeug längst hart geworden.
Es fehlte nur noch ein kleines Stück an seinem linken

Arm. Sidonie-Grisaline führte die Spitze einer großen Tube an der letzten Schnittstelle entlang. Sidonie-Isabell knetete den Bauch der Tube, um den Klebstoff herauszupressen, während Sidonie-Karamell hinter den beiden dreinlief und die Kanten glattstrich.
Harald wurde es warm ums Herz. Gerührt von der Emsigkeit, mit der die Mäuse ihn zusammenklebten, wollte er sich bei ihnen bedanken. Ach, es war zum Verzweifeln! Er brachte immer noch kein richtiges Wort heraus. Nur dieses trockene Knistern, das nicht einmal eine Maus verstand.
Sidonie-Grisaline schraubte die Tube zu und schob sie beiseite. Die drei hatten ihre Arbeit beendet. Hochzufrieden stolzierten sie um Harald herum und begutachteten ihr Werk.
»Sauber, das haben wir sauber hingekriegt«, sagte Sidonie-Isabell.
»Das nenn ich Nägel mit Köpfen«, brüstete sich Sidonie-Karamell, »wir haben ganze Arbeit geleistet.«
»Ob auch alles stimmt?« überlegte Sidonie-Grisaline. »Liegt der Nabel nicht ein wenig schief? Mir kommt das Ganze etwas verzogen vor. Eben nicht hundertprozentig.«
Harald befürchtete, die Mäuse würden ihn gleich wieder auseinandernehmen, um mit dem Kleben

noch einmal von vorn anzufangen. Da kam ihm ein Lüftchen zu Hilfe, erst sacht und verspielt, leicht und obenhin. Es strich über seine Beine und schlüpfte in alle Falten seiner kurzen Hose, dann plusterte es seine Jacke auf und ließ sie wieder sinken – bis ein kräftiger Windstoß den ganzen Harald aufhob und mit sich davontrug. Die Mäuse hatten nichts bemerkt, bis Sidonie-Isabell einen Schrei ausstieß und in die Höhe hüpfte, um ihn wieder einzufangen.

»Weg … der dumme Kerl fliegt weg!«

»Komm sofort wieder herunter!« rief Sidonie-Karamell, die ernsthaft glaubte, Harald fliege aus purem Leichtsinn auf und davon.

»Keine Angst!« brüllte Sidonie-Grisaline hinter ihm her. »Irgendwann legt sich der Wind, dann finden wir dich …«

Die letzten Worte konnte Harald nur noch undeutlich hören. Er schwebte bereits zwanzig Meter, also umgerechnet eine Mausmeile, hoch in der Luft.

Es war schön da oben. Harald flatterte mal hierhin, mal dorthin, ganz nach der Laune des Windes. Unter ihm glitzerte das Meer mit seinen weißen Schaumstreifen, die wie luftige Spitzenbänder auf den Wellen schwammen. Isola Muris sah aus der Höhe recht bescheiden aus: ein grauer Fleck, umringt von einem hellen Streifen. Am nördlichen Zipfel der Insel sah er einen schwarzen Punkt. War das eine Klippe? Oder Dragos Schiff? Harald vermißte den Kapitän, er wäre am liebsten mit ihm über das Meer geflogen, sie hätten ihre Beobachtungen ausgetauscht und das eine oder andere fliegerische Kunststück ausprobiert. Am Himmel zu segeln wie ein Drachen war die leichteste Sache von der Welt. Es kam ihm so vor, als ob er schon immer aus Papier gewesen wäre, nichts weiter als ein Drachen in der lauen Luft. Seine Gedanken hatten keine bestimmte Richtung und flogen mit dem Wind. Der aber flaute ab, und Harald trudelte in vielen Schleifen und Kehren, langsam zwar, aber dennoch unaufhaltsam, in die Tiefe. Diese Bewegung war längst nicht so angenehm wie das Emporschweben, mit der Ermattung kehrten seine Gedanken wieder zurück und kreisten um einen festen Punkt: bloß nicht ins Wasser! Papier saugt sich voll, und was dann?

Hätte er wenigstens die Richtung beeinflussen können, in der es hinabging. Dann würde er vielleicht das Land erreichen, das er rechts unter sich sah. Es war größer als Isola Muris und grün bewachsen. Eine Zeitlang schien es, als würde Harald ins Meer stürzen. Doch mit einem Mal wurde er heftig nach rechts gerissen und flatterte auf die Insel zu.

Noch ein paar Windstöße, die ihn nach unten drückten, dann lag Harald im Gras. Gottlob, das war noch einmal gutgegangen! Doch die Sorgen kehrten schnell zurück. Jedesmal wenn der Wind ihn anhob, hatte er Angst, von neuem weggeweht zu werden. Auf die Dauer ist es schrecklich, aus Papier zu sein, sagte sich Harald und überlegte, wie er wieder zu einem Jungen aus Fleisch und Blut werden könnte. In seinem jetzigen Zustand war er wehrlos. Er konnte ja nicht einmal die Ameisen verscheuchen, die über seinen Hals liefen. Der Zufall hatte ihn direkt auf eine Ameisenstraße geweht. Die Tiere benutzten den Hals als Brücke. Manche trugen in ihren Zangen Körner, andere Halme oder Tannennadeln über ihn hinweg. Als ein Troß mit einer gefangenen Raupe vorüberzog, kribbelte es wie toll. Hätte er gekonnt, wäre er aufgesprungen. Doch er bauschte sich nur ein bißchen, das war alles. »Seidenpapier«, seufzte er mutlos, »hat weniger Kraft als ein schlappes Blättchen Salat.«
Während er lautlos vor sich hin klagte, raschelte es im Gras. Der Wind war es nicht. Aus dem Geraschel lösten sich zögernde Schritte, und die stammten nicht von einem Wesen auf zwei Beinen, sondern von einem Vierbeiner. Kurz darauf beugte sich ein Reh über seinen Kopf und beschnupperte ihn.

»Sapperlott, was für ein hübsches Reh«, sagte er erleichtert, und obwohl seine Lippen nur das dumme Knistern zuwege brachten, konnte das Reh ihn verstehen. Aus runden Augen sah es ihn an und sagte bescheiden: »Danke.«

Endlich jemand, mit dem er reden konnte. Haralds Herz hüpfte.

»Wie bin ich froh, daß du da bist«, knisterte es aus ihm heraus, »jemand wie du hat mir gefehlt. Bitte bleib ein bißchen und unterhalte dich mit mir.«

»Gern«, sagte das Reh. Es knickte seine dünnen Hinterbeine ein und setzte sich auf den Po. »Worüber möchtest du sprechen?«

»Wundert dich nicht, daß ich aus Papier bin?« begann Harald die Unterhaltung.

»Doch«, antwortete das Reh, »es kommt, glaube ich, sehr selten vor.«

»Mir ist jedenfalls kein anderer Fall bekannt«, sagte Harald. Dann schwiegen sie ein Weilchen.

»Wer so flach ist wie du, hat es gut«, sagte das Reh.

»Gar nicht!« knisterte Harald so laut er konnte. »Ich gäbe viel darum, wieder ein richtiger Junge zu sein.«

»Bist du sicher?«

»Ganz sicher. Verstehst du das nicht?«

Das Reh nickte. »Doch, doch. Aber auf meine Meinung kommt es nicht an.«

»Zugegeben«, sagte Harald, »es macht Spaß, durch die Luft zu segeln. Aber im großen und ganzen hat man als Papier nur Nachteile. Wenn man mich wenigstens in Pappe verwandelt hätte, dann wäre ich robuster, aber so ...«
Das Reh sagte bloß: »Gut.«
»Was ist gut?« wollte Harald wissen. Leider war das Reh ziemlich einsilbig. »Weißt du vielleicht, wie ich wieder zu einem richtigen Jungen werden könnte?«
Statt einer Antwort fragte das Reh: »Kannst du dir eine traurige Geschichte ausdenken?«
»Eine Geschichte?«
»Ja. Aber traurig muß sie sein. Sonst ist alle Mühe vergeblich.«
Harald überlegte. Nicht einfach, sich eine traurige Geschichte auszudenken, mit der das Reh zufrieden wäre. Aber er hatte ja noch Filibuster im Kopf, dessen Geschichte längst nicht zu Ende war. Als er zu erzählen begann, setzte sich in seinem Rachen eine kleine Spule in Bewegung, und schon entflatterten seinem Mund Sätze auf einem schmalen Streifen Papier.
*Filibuster wuchs heran und versprach, ein toller Kerl zu werden. Er konnte schießen wie der Teufel und jedes Schloß knacken, das man ihm unter die Nase hielt. Seine Eltern waren sehr zufrieden mit ihm. »Er*

*wird einen erstklassigen Räuberkönig abgeben, wenn ich einmal nicht mehr lebe«, sagte der Vater ...*
Harald kniff seinen dünnen Papiermund zusammen. Für den Moment wußte er nicht recht weiter. Das Reh schüttelte unwillig den Kopf, weil sich das Ende des Spruchbandes um seinen Hals geschlungen hatte. Sogleich haspelte die Spule von neuem los, und ein zweites Band flatterte heraus.
*Eines schönen Tages rannte Filibuster hinter einem Raben her, den er unbedingt vom Himmel schießen wollte. Er erwischte ihn aber nicht, und der Rabe flog in einen Wald. Filibuster hörte ihn krächzen und verfolgte ihn bis tief in den Wald hinein. Von überallher hörte er das Krächzen. Filibuster feuerte sechs Schüsse ab, die alle nicht trafen. Dann war das Magazin leer. Er stand zwischen lauter Bäumen und konnte den Weg nicht mehr zurückfinden. Es war kalt. Der Wald war voller unbekannter Geräusche. Es knackte im Gezweig, und er glaubte, ein wilder Eber würde gleich auf ihn losstürzen. Aber es war bloß ein Eichhörnchen. Hoch oben in einem Tannenwipfel schrie ein Kauz, und dieser Klagelaut ging ihm durch Mark und Bein.*
Harald warf einen Blick auf das Reh an seiner Seite. Seine braunen Augen waren geweitet, und es schaute erwartungsvoll auf ihn herab.

*Der arme Filibuster war wie gelähmt vor lauter Furcht und mutterseelenallein. Es war jetzt Nacht, und über den Wipfeln der Tannen spannte sich wie ein schwarzes Tuch der mondlose Himmel.*
An dieser Stelle mußte Harald kurz überlegen, was dem Jungen noch an Schauerlichem widerfahren könne, denn das Reh war noch nicht zufrieden. Nach einem Ruck legte die Spule wieder los.
*Filibuster traute sich nicht mehr vom Fleck. Aber ewig konnte er hier nicht stehenbleiben, das ging schon allein wegen der Kälte nicht. Zaghaft wagte er einen Schritt in die Nacht. Da streifte er einen Zweig, auf dem ein großer Vogel saß. Der hackte ihm ein Loch in die Stirn. Filibuster begann zu weinen, und in seine Tränen mischten sich Blutstropfen, die von seiner Stirn rannen. Er heulte und heulte und konnte sich gar nicht mehr beruhigen. Dabei schluchzte er so herzzerreißend, daß alle Bewohner des Waldes den Atem anhielten.*
Wo kamen die Schluchzer her? Harald drehte den Kopf zur Seite und sah das Reh bitterlich weinen. Die Tränen liefen an der zierlichen Schnauze entlang und tropften von dort auf seine Brust. Zunächst konnte er sie einzeln aufs Papier fallen hören, dann war das Geräusch wie verschluckt. Gleich einem Wasserfall stürzten die Tränen aus den Augen des

Rehs, und Harald spürte, wie sein Körper das Naß gierig aufsaugte. Kaum war die Flüssigkeit in ihn gedrungen, blähten und spannten sich Muskeln und Nerven. In raschen Schlägen pulste das Herz den Strom von den Zehen bis zum Scheitel.
Bald war er wieder bei Kräften und konnte aufstehen. Vor lauter Freude, wieder ein richtiger Junge zu sein, fiel er dem Reh um den Hals, zuckte aber sofort zurück. Das Tier fühlte sich feucht und glitschig an, als wäre es aus Aspik. Auch das Weinen wollte kein Ende nehmen. Das Reh schluchzte immer lauter, und die Tränen flossen unaufhörlich. Der Boden zu seinen Füßen war davon schon ganz aufgeweicht. Ein Zittern lief über seinen Nacken, und wie eine wäßrige Luftspiegelung begannen die Ränder seines schmalen Körpers zu verschwimmen. Es wurde durchsichtig und war bald vom Gras und dem Himmel darüber nicht mehr zu unterscheiden.
Betrübt verfolgte Harald sein Schwinden. Das Reh kehrte nicht wieder, und die Pfütze, in der es zergangen war, versickerte allmählich im Boden. Was sollte er hier noch länger? Er machte sich also auf den Weg. Zunächst war er unschlüssig, welche Richtung er einschlagen sollte. Norden? Süden? Am liebsten nach Norden. Und weil ihm ein Wind in die Nase stach, der gewiß aus dem Norden kam, marschierte

er einfach drauflos, mitten durch sanft gewellte Wiesen, von Glockenblumen, Löwenzahn und Wiesenschaumkraut blaugelbweiß gesprenkelt.

Weiter hinten, auf einer Anhöhe, standen fünf Eichen. Als Harald darauf zuging, sah er einen Strohhut über dem Gras leuchten. Er gehörte zu einem Mann, der vornübergebeugt auf einem Klappstuhl saß und auf etwas starrte. Harald näherte sich auf Zehenspitzen. Vor dem Mann war eine runde Glasscheibe aufgestellt. Noch nie hatte er eine so riesige Lupe gesehen. Und was sich dahinter abspielte, kannte er genausowenig: ein schwarzer Käfer hockte auf einer Kugel und mühte sich ab, sie einen Sandhügel hinaufzurollen. In einem fort zwirbelten und drehten seine Beine die Kugel, und tatsächlich gelang es ihm, mit ihr ein Stück bergan zu rollen. Auf den ersten Blick war es ein ganz gewöhnlicher Mistkäfer, aber sein Rücken schillerte, als wäre er aus Gold.
Voller Zuneigung beugte sich der Mann über das Glas und rief dem Käfer ermunternde Worte zu. Leider nützten sie nicht viel. Ein Stein kam in die

Quere, die Kugel rollte zurück, der Käfer fiel auf den Rücken und zappelte mit den Beinen. Harald wollte den Mann gerade darum bitten, den Käfer wieder umzudrehen, da griff dieser nach einem Hörrohr, das neben ihm im Gras lag, und beugte sich auf die Seite.

»Tzzz, tzzz … sssh«, machte der Mann. Es klang, als würden zwei scharfe Flügel aneinander gewetzt. Ein paar Grashalme weiter sirrte es leise zurück: »Tzz, tzz, tzz …«

»Tz, tz«, erwiderte der Mann und schob das Rohr tiefer ins Gras. »Momentchen, wie war das eben?«

»Oft ssind die Kugeln fünfmal sso groß«, tönte es aus dem Hörrohr laut und scharf.

»Tzatzilein, du flunkerst«, sagte der Mann und hob den Zeigefinger. »Gut, er bringt es fertig, aus einem Stück Kuhfladen eine Kugel zu formen. Aber fünfmal so groß? Das glaubst du doch selbst nicht!«

»Tz«, schallte es aus dem Rohr, »und ob. Manche Kotkugeln ssind ssogar ssechsmal sso groß.«

»Unmöglich! Der hier bringt ja nicht mal die kleine vom Fleck!«

»Ssag ich doch!« antwortete das Ding. »Er isst ein Schwächling, kein Mumm in den Knochen!«

Offenbar wußte es genau Bescheid und spielte den Lehrmeister. Doch über gewisse Tatsachen sah es

großzügig hinweg. Von diesem Mistkäfer zum Beispiel hielt es nicht allzuviel. Dabei war er ein Prachtexemplar! Eine Kugel quer über die Insel zu rollen war schließlich keine Kleinigkeit, auch wenn sie nur so groß war wie der Käfer selbst. Der hatte sich inzwischen aufgerappelt und war nun dabei, seine Last wieder den Hügel hinaufzustemmen. Ein neuer Versuch, diesmal von unten. Doch wozu das Ganze?
»Die Kotkugel dient dem Mistkäfer zur Brutpflege«, sagte der Mann und schaute befriedigt ins Glas.
»Tz«, erwiderte das Ding. Diesmal klang es besonders spitz. »Brutpflege – schön und gut. Aber in der Regel schafft der Kerl die Kugel in sseinen Schlupfwinkel und tut ssich in aller Sseelenruhe daran gütlich.«
»Du meinst, er frißt sie auf?«
Die Stimme blieb einen Augenblick stumm. Dann ratschte sie in einem Stück:

Schau an, der Pillendreher frißt
'nen Kugelhupf aus schwarzem Misst.
Jedoch, um resstlos zu verdauen,
muß er den Dreck ersst gründlich kauen,
und von der Kugel bleibt als Sspur
nur eine weiße Ringelschnur.

Schon wieder isst der Kerl am hopssen,
'ne neue Kugel ssich zu mopssen.

»Und ganz im Vertrauen«, fuhr das Ding fort, »ich geh ihm lieber aus dem Weg. Der Bursche sstinkt hundert Grassbüschel gegen den Wind.«
Harald räusperte sich. Das Ding verstummte. Der Mann fuhr herum und starrte ihn an. Sein Gesicht war hager und schon etwas verrunzelt. Ein weißgelber zipfeliger Bart wuchs auf seinem spitzen Kinn. Um den Hals trug er ein grünes Seidentuch. Harald fürchtete, er könne daran ersticken, so fest war es geknotet.
»Störe ich vielleicht?« fragte er vorsichtig.
»Nein, nein, schon gut«, sagte der Mann. »Wo kommst du her? Wer bist du?«
Das war nun leichter gefragt als beantwortet. Wer war Harald – ein Junge, ein Drachen, ein Stück Papier? Und wie sollte man die Geschichte mit den Mäusen erklären, überhaupt die ganze Reise? Harald gab sich redlich Mühe, alles der Reihe nach zu erzählen. Als er geendet hatte, sagte der Mann bloß: »Aha«, und zwirbelte seinen Bart. Er musterte ihn von Kopf bis Fuß.
»Und was«, fragte er schließlich, »weißt du von Grillen?«

»Von Grillen? Leider nicht viel«, sagte Harald.»Im Dunkeln, glaube ich, sägen sie sich um Kopf und Kragen.«
»Oje, oje«, seufzte der Alte und schüttelte den Kopf. »Ich sehe schon, du wirst das Abecedarium der Grillenkunde bimsen müssen. *So* bist du mir jedenfalls keine gute Hilfe.« Und nach einer Weile fügte er lächelnd hinzu: »Du wirst nämlich mein Lehrling.«
Das paßte nun gar nicht zu Haralds Plänen. Von Insekten wollte er nichts wissen. Lieber hätte er dem Mann beim Rechnen geholfen oder in Schönschrift. Vielleicht brauchte er etwas in Schönschrift?
»Kaum«, sagte der Mann, »du wirst dich um die Grille kümmern, sie füttern und pflegen. Eine schöne Aufgabe in deinem Alter.«
Daraufhin wetzte er die Zunge so geschickt an den Zähnen, daß ein schmatzender Pfeifton entstand, und hopp! schon saß die Grille auf seinem Handrücken.
»Hör ssofort mit dem Pfeifen auf«, schimpfte leise das Insekt und zitterte nervös mit den Hinterbeinen. Der Alte fackelte nicht lang und steckte die Grille in einen Bambuskäfig, den er Harald anvertraute. Dann faltete er den Klappstuhl zusammen, verstaute Lupe und Hörrohr in einem Koffer und winkte Harald, ihm zu folgen.

Während sie durchs Gras stapften, guckte Harald immerzu auf den Boden, aus Angst, er könnte den Mistkäfer zertreten, der hier irgendwo herumkriechen mußte. Schließlich waren sie bei der Anhöhe mit den fünf Eichen angelangt. Unter den Bäumen stand eine Holzhütte mit dünnem Blechschornstein, aus dem schwarze Rauchkringel in den Himmel pufften.

»Wenzel, ich bin's«, rief der Mann und öffnete die Tür. Drinnen war es dunkel. Ein Holztisch, zwei Stühle und im Hintergrund ein riesiger Herd. Dort machte sich jemand an Töpfen und Pfannen zu schaffen.

»Uuuu«, quiekte es aus der Küche, und ein dickes Männchen kam mit einem schwappenden Holzlöffel auf sie zugelaufen. Es blies auf den Löffel und probierte schlückchenweise von der Brühe.

»Uuuu«, rief es wieder, »zu heiß, viel zu heiß«, und wedelte, um den Dampf zu verscheuchen, mit dem Küchenlappen.

»Wenzel, ich hab jemand mitgebracht«, sagte der hagere Mann, während er seinen Koffer abstellte.

»Das sehe ich«, rief Wenzel vergnügt und kniff Harald in die Wange. »Ein kleiner Gast, wie hübsch!«

»Er wird für mich arbeiten und uns im Alter eine Stütze sein«, sagte der Hagere.

»Für dich! Immer nur für dich!« giftete der Dicke und funkelte ihn zornig an. Aber gleich wechselte er den Ton. Seine Augen glänzten verheißungsvoll. Er legte Harald den linken Arm um die Schulter, mit dem rechten hielt er ihm den Löffel unter die Nase. »Na, mal probieren?« Und schon umklammerte er ihn wie ein Schraubstock.
»Danke, ich bin nicht hungrig«, sagte Harald und versuchte, den Löffel wegzuschieben. Aber Wenzel ließ nicht locker. Es blieb ihm also nichts anderes übrig, als zu schlucken. Die Suppe war heiß und schmeckte nach gar nichts.
»Braves Kind«, lobte ihn Wenzel und fragte dann streng: »Ladislaus, wo hast du es her?«
»Ist mir zugelaufen«, sagte Ladislaus.
»So? Und das soll ich dir glauben?« Wenzel maß Ladislaus mit einem langen Blick.
Da nahm Ladislaus Wenzel beiseite, beugte sich zu ihm herab und flüsterte ihm etwas ins Ohr. Dann drehten sich beide wieder um, und wie sie so nebeneinanderstanden, konnte Harald ein Kichern kaum unterdrücken: der dicke Wenzel und der lange dürre Ladislaus – wie Kugel und Stecken oder wie ein Faß neben einer Vogelscheuche sahen sie aus.
»Schön, daß du hierbleibst«, sagte Wenzel und streckte ihm seine fleischige Hand entgegen. »Aber

daß du mir nicht zuviel ißt!« setzte er hinzu und faßte ihn schelmisch ans Kinn. »Erbsen, Bohnen, Linsen; Reis, Rosinen, Plinsen, wird alles abgezählt!« Dann flitzte er zum Herd und lärmte mit seinen Töpfen, daß einem himmelangst werden konnte.

»Er tickt nicht ganz richtig«, bemerkte Ladislaus trocken und sah Harald aus wäßrigen Augen an. »Falls er dich um Geld anpumpt, gib ihm keins!«

Im selben Moment kehrte Wenzel mit der dampfenden Suppe zurück. Er knallte die Schüssel auf den Tisch, daß die Brühe überschwappte. Artig stellten sich Ladislaus und Wenzel hinter ihre Stühle und machten einen Diener. »Bitte schön«, sagte Ladislaus und wies auf seinen Stuhl.

»Nimm Platz«, bot Wenzel ihm den seinen an. Harald zögerte, weil er keinen der beiden verletzen wollte.

»Nun setz dich bitte!« drängte Ladislaus schon ungeduldig. Sogleich herrschte ihn Wenzel an: »Laß ihn doch. Er ist alt genug und kann selbst entscheiden«, und zu Harald gewandt, sagte er: »Kindchen, auf meinem sitzt du besser.«

Darüber regte sich nun Ladislaus furchtbar auf, und der Streit hätte sicher die ganze Nacht gedauert, wäre Harald nicht auf einen Ausweg verfallen. Er

zog einen Holzklotz, auf dem Wenzel gewöhnlich die Scheite für den Kamin spaltete, näher an den Tisch und nahm darauf Platz. Die Suppe war inzwischen kalt geworden. Sie bestand ohnehin nur aus Wasser, in dem ein paar Nudeln schwammen. Stumm senkten die beiden Männer ihre Löffel in die Teller und maßen sich mit argwöhnischen Blicken. Auch die Grille hüllte sich in Schweigen. Sie saß neben Harald in ihrem Käfig und rührte sich nicht.
Wehmütig dachte Harald an seine Lieblingssuppe, in der dicke Grießklöße schwammen. Zu Hause gab es sie jeden Donnerstag.
»Die Suppe schmeckt ausgezeichnet. Wie lange habe ich keine so gute Suppe mehr gegessen«, sagte er nach einer Weile.
Im Kamin hörte man die Scheite knacken, aus den frischen Reisern spritzte der Saft und erstickte für einen Augenblick zischend die Flamme, bis ein durchglühtes Holzstück auseinanderbrach und vom Stoß fiel. Ladislaus sprang auf und verschwand in der rußgeschwärzten Küche. Wenzel rückte seinen Stuhl näher an Harald heran, schaute sich nach allen Seiten um und faltete die Patschhände über dem Teller.
»Lieber«, flüsterte er geheimnistuerisch, »hast du ein paar Groschen für einen armen alten Mann? Ladis-

laus hält mich knapp, und ich habe, wie du weißt, die Küche und den ganzen Haushalt zu versorgen.«

»Wozu brauchst du denn Geld?« fragte Harald. »Hier kann man doch sowieso nichts kaufen.«

»Ach, Kindchen, das verstehst du nicht«, seufzte er und rieb die dicken Finger, bis sie rot anliefen, zwinkerte heftig mit dem linken Auge, breitete die Arme aus und sang nach der Melodie des schönen Liedes *Weißt du, mein Kind, ich schlafe so brav* –

Weißt du, mein Kind, ich spare so brav,
ein edles und schönes Vergnügen,
mein Sparschwein ist ein Plastikschaf,
gefertigt zu Saßnitz auf Rügen.

Klingklong! verschwinden die Groschen
im Schlitz,
wie schön, sich am Gelde zu laben!
Ich laufe so schnell wie der Kugelblitz,
mein Schäfchen geschwind zu vergraben.

Der kleine Mann warf den Kopf in den Nacken und sah Harald mit hochgezogenen Brauen an. Da hörte er Ladislaus zurückkehren, schnell beugte er sich über den Teller und tat so, als hätte er die ganze Zeit nur seine Suppe geschlürft.

»Na, Kollege«, fragte er betont munter, »was haben wir heute getrieben?«

»Den Pillendreher durchgenommen«, versetzte Ladislaus mürrisch. Er zerrte an der Tischschublade, die klemmte, kramte nach langem Hin und Her ein Buch hervor, schlug es in der Mitte auf und schob es Harald unter die Nase.

»Hierin kannst du nach Herzenslust schmökern, mein Kind. Ab jetzt wird fleißig auswendig gelernt, nicht wahr? Morgen wird uns Tzatzi eine neue Lektion erteilen, ich glaube, die Wollbienen sind dran – hab ich recht, Tzatzilein?« Ladislaus ließ seinen dünnen Lippen zwei Zirper entschlüpfen, aber die Grille rührte sich nicht.

»Übermorgen dann die Hosenbienen«, fuhr er fort, »überübermorgen die Mörtelbienen und in vier Tagen die Schlupfwespen.«

Harald beugte sich über das aufgeschlagene Buch mit den vielen Federzeichnungen. Sie zeigten allesamt Grillen – Grillen mit gespreizten Flügeln, Grillen mit gegrätschten Hinterbeinen, Grillen im Längsschnitt, Grillen im Querschnitt. Manche hockten auf einem Grashalm und schienen zu schlafen, andere hockten aufeinander im Sand.

»Du mit deinem Insektentick«, brummte Wenzel gehässig. »Verschone wenigstens das Kind damit.

Käfer, Würmer, Wespen, Spinnen, das ist kein passender Umgang für einen Jungen. Besser, er würde sich mit meinem Fisch beschäftigen. Nicht wahr, Kleiner, Fische sind schöner als dieses scheußliche Krabbelzeug. Ich bin sicher, du wirst Kasimir liebgewinnen.« Während er sprach, trommelte er mit dem Suppenlöffel energisch auf die Tischplatte.
Bevor Harald antworten konnte, legte ihm Ladislaus die knochige Hand auf den Arm. »Du hältst dich da raus!« herrschte er Wenzel an, »er ist mein Schützling. Das Kind hat eine große Begabung für Insekten, er wird später einen tüchtigen Forscher abgeben. Und wenn ich einmal nicht mehr bin« – dabei wandte er sich wieder an Harald –, »dann erbst du, liebes Kind, meine Sammlung und all meine Papiere.«
Den Gedanken, lauter Kästen mit aufgespießten Käfern und Schmetterlingen zu erben, noch dazu ein Bündel staubiger Papiere, fand Harald abscheulich. Höflich, wie er war, wollte er das Erbe jedoch nicht rundheraus abschlagen. »Ich weiß nicht, ob ich es annehmen kann«, gab er vorsichtig zu bedenken, aber Ladislaus tätschelte liebevoll seine Hand und sagte sanft: »Du kannst, mein Lieber, du kannst.«
Wenzel, der alles schnaufend mit angehört hatte, war nahe am Platzen. »Bei uns herrscht Demokratie!«

krähte er wild. »Das Kind ist ein mündiger Mensch und kann selbst entscheiden, was es will! Und, Ladislaus, hör mir gut zu« – er schüttelte drohend seinen Zeigefinger –, »ich werde verhindern, daß sich ein unschuldiges Kind in die Obhut eines Narren begibt. Insekten sind ekelhaft und gefährlich. Mein Fisch dagegen ist völlig harmlos. Kasimir hat noch keinem etwas zuleide getan. Geruhsam und bescheiden zieht er seine Bahn – genau das Richtige für einen Heranwachsenden.«

»Mumpitz!« schrie Ladislaus aufgebracht. »Ein Fisch taugt zu gar nichts, höchstens für die Pfanne! Nichts Langweiligeres unter der Sonne als ein Fisch. Ich lasse nicht zu, daß das Kind geistig verödet!«

»Nur über meine Leiche!« schrie Wenzel mit überschnappender Stimme und schwang seinen Löffel über Ladislaus' Haupt. Der sprang wie ein Derwisch auf und griff nun seinerseits zum Löffel.

»Fischiger Kerl!« brüllte er aus voller Lunge. »Kiemenbläser, Heringsstinker, Laichfresser, du ... du ... Molch!«

»Ohhhhh«, gurgelte Wenzel in ohnmächtigem Zorn. »Kanaille! Wanzenkacker! Kakerlakenknakker! Deinen Chitinschädel zerquetsch ich mit der linken Hand ... du Feldlaus!« Wie eine geölte Kugel sauste er um den Tisch, spornstreichs auf den

langen Ladislaus zu. Er kreischte, fuchtelte, spuckte und drosch mit dem Löffel auf ihn ein, zwar nicht, wie angekündigt, auf den Kopf, sondern nur in die Magengrube. Höher reichte er mit seinen kurzen Ärmchen nicht hinauf.

Ladislaus, bis aufs Blut gereizt, ließ einen Trommelwirbel auf Wenzels Kopf niederprasseln. Dongdongdong klang es, als ob man einen Kürbis schlüge, und schon wälzten sich die beiden fluchend und löffelklappernd am Boden. Harald konnte gerade noch den Bambuskäfig in Sicherheit bringen, dann stürzte krachend der Tisch um. Suppenkelle, Buch, Schüssel, Teller, alles flog auf die Erde. Da bekam Ladislaus den Ascheneimer zu fassen, der neben dem Kamin stand, packte ihn mit beiden Händen und versuchte, ihn Wenzel über den Kopf zu stülpen. Freilich war der so dick, daß es nur Ruck für Ruck gelang, ihn da hineinzuzwängen.

Ladislaus schwitzte, und vor Anstrengung schwollen ihm die Adern auf der Stirn. Doch er biß die Zähne zusammen und drückte so lange, bis er den armen

Kopf endlich ganz darin gefangen hatte. »Sitzt, paßt und wackelt nicht!« schrie er triumphierend und haute noch mal kräftig mit der Faust drauf.

»Hüülfe! Hüülfe! Zu Hülfe!« dröhnte es aus dem Eimer.

Ladislaus ließ kurz von ihm ab, da schnellte Wenzel wie ein Springteufel in die Höh und sauste unter dumpfen Flüchen durch die Hütte. Beileibe nicht ziellos, wie man denken könnte. Den Kopf gesenkt wie ein Stier, die Hände verschränkt auf dem Rücken, hielt er direkt auf Ladislaus zu und rammte ihm den Eimer in den Bauch, daß dieser wie ein morscher Ast vornüberknickte. Da lagen sie wieder und rauften sich im Dreck.

Bloß raus hier! Harald flüchtete ins Freie, den Käfig mit der Grille unterm Arm. Kaum hatte er die Tür zugeschlagen, ging das Poltern und Krachen erst richtig los. Harald rannte, so schnell er konnte, aus Vorsicht schlug er alle zehn Meter einen Haken. Er bildete sich nämlich ein, die beiden kämen löffelschwingend hinter ihm hergesaust. Erst nach zwei Kilome-

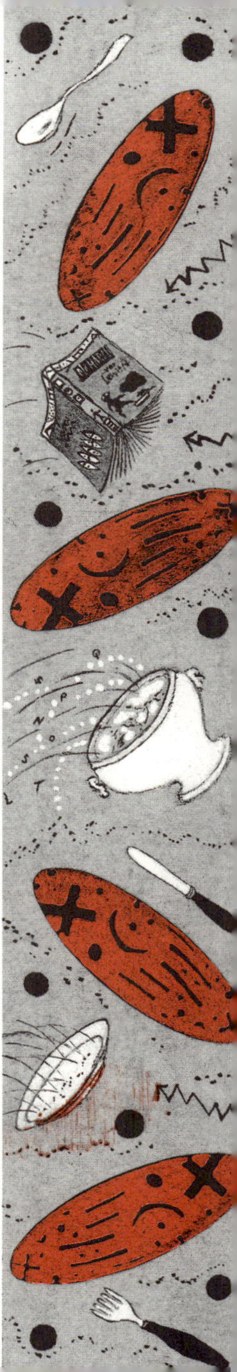

tern brachte ein Felsen ihn zum Stehen. Die Wellen schlugen an den zerklüfteten schiefergrauen Stein und besprühten ihn mit Gischt.
Haralds Herz pochte wie rasend. Ein stechendes Gefühl schnürte ihm die Kehle zu. Erschöpft setzte er sich auf den Felsen und schnappte nach Luft. Was nun? Zu Wenzel und Ladislaus wollte er um keinen Preis zurück.
»Mach dir keine Ssorgen, vor allem keine unnötigen«, wisperte es neben ihm. Harald zuckte zusammen, beruhigte sich aber gleich wieder – es war die Grille.
»Nobel von dir, mich von den Schreihälssen zu befreien«, zirpte das Insekt, »aber jetzt laß mich bitte rauss.«
»Natürlich«, sagte Harald stockend, »bitte entschuldige«, und schob den Riegel, eine Art Kamm mit fünf Zinken, nach oben. Tzatzi kam herausgekrochen und lüftete die Flügel. Sie machte einen Sprung und landete auf Haralds Handrücken.
»Kommen wir gleich zur Ssache«, ratschte sie, »du hasst einen Wunsch frei.«
»Am liebsten möchte ich von hier weg«, sagte Harald, »aber dabei kannst du mir wohl kaum helfen.«
»Tz, tz, tz«, machte die Grille, »mal abwarten.«
»Wo bin ich gelandet, und wer sind die beiden Ver-

rückten, was machen sie hier, und warum hat man dich in einen Käfig gesperrt?« fragte Harald in einem Atemzug.
»Ein Fragenhagel«, bemerkte Tzatzi scharf, »so läßt sich keine gescheite Unterhaltung anzirpen. Doch um deine Neugier zu dämpfen, will ich dir verraten: wir sind auf Krakeele, der Insel der Zwietracht.«
Aber dann ließ sie sich doch herbei und erzählte von Ladislaus Stanek und Wenzel Pštros, zwei berühmten Zoologen, die sich früher, als sie noch in der Alten Welt lebten, mit Schmähreden und Drohbriefen überhäuft hatten, bis sie sich eines Tages in der Mensa der Universität von Powidl in die Haare gerieten und einen fürchterlichen Spektakel anzettelten. Der Rektor setzte der unwürdigen Aufführung ein Ende. Noch am selben Tag wurden Stanek und Pštros von der Universität verwiesen und nach Krakeele verbannt. Hier lebten sie seitdem und forschten und stritten nach Herzenslust. Wenzel brach unentwegt eine Lanze für den Fisch, Ladislaus verteidigte die Hautflügler, und niemand scherte sich darum. Bis auf Tzatzi. Die war eines Tages Ladislaus ins Netz gegangen, und der Grillenfänger hatte sie geschickt auf seinen Pfiff dressiert.
»Und wo hält Wenzel seinen Fisch?« wollte Harald

wissen. Im Haus war ihm kein Aquarium aufgefallen.
»Komm mit!« befahl die Grille. Sie hüpfte von seinem Handrücken und krabbelte voran auf einem schmalen Pfad, der um den Felsen herumführte. Harald folgte ihr mit vorsichtigen Schritten.
»Ssieh mal, dort drüben«, rief Tzatzi und sprang auf das Blatt einer Wolfsmilch, die aus einer schattigen Felsspalte wuchs. Das Blatt schwankte auf und nieder, als hätte es zuviel getrunken. Harald schaute aufs Wasser, das in gleichmäßigen Zügen heranschwappte und wieder fortrollte, gefolgt von dünnen Rinnsalen, die zwischen den Steinen herabliefen und sich im Meer verkräuselten. Weiter links hatte sich eine Felskuhle mit Wasser gefüllt. Ein Fisch streckte den Kopf heraus. Es war ein Hering von mittlerer Größe.
Kasimir! ging es Harald durch den Kopf, doch bevor er ihn ansprechen konnte, hatte Tzatzi das Gespräch bereits an sich gerissen. Ein durchdringendes Sirren war zu hören, als flitzte ein Geigenbogen immer über dieselbe Saite. Harald schwirrte bald der Kopf. Kasimir schien daran keinen Anstoß zu nehmen, hin und wieder nickte er stumm und blickte Harald aus einem vollkommen runden Auge nachdenklich an. Dann schlug eine Welle über ihn hinweg, der Fisch

tauchte unter, kam wieder hoch, und das Ganze fing von vorn an. Tzatzi hörte überhaupt nicht mehr auf. Sie zirpte so schnell, daß Harald kein einziges Wort verstand. Langsam wurde er nervös. Wenn nun Wenzel und Ladislaus auftauchten und ihn zurück in die Hütte schleppten? Gerade als er sich einmischen wollte, schnellte der Fisch mit einem Riesensatz aus der Kuhle und verschwand in den Fluten.

»Alle Achtung, das war ein Sprung«, sagte Harald.

»Ja, ja«, meinte die Grille versonnen, »Kasimir leisstet im Hüpfen mehr als unssereinss. Dabei isst er bloß ein Fisch.«

»Und was wird jetzt aus mir?« fragte Harald besorgt.

»Ach, Menschlein, Menschlein«, seufzte die Grille, »wass sseid ihr doch für ungeduldige Wessen. Hätte ich dich nicht von Herzen lieb, wäre ich jetzt gekränkt«, fügte sie mit Nachdruck hinzu und sprang, weil der Ärger sie zwickte, auf ein anderes Blatt.

»Ich kann doch hier nicht ewig herumstehen und warten«, sagte Harald, »ich weiß ja nicht einmal, worauf.«

»Dass findet ssich«, gab Tzatzi zurück, »wenn du auf einem Blatt ssäßesst wie ich, wäre dir wohler umss Herz, und du bräuchtesst keine sso dummen Fragen zu sstellen.« Und um Harald deutlich zu machen, daß sie zu keiner weiteren Auskunft bereit sei, wandte sie ihm den Rücken zu.

Stunden vergingen, kein Störenfried weit und breit, das Meer schlug unermüdlich an den Felsen, rauschte und spritzte und rollte und saugte rieselnde Bäche an. Weiter hinten schien es kaum in Bewegung, und am Horizont bildete es eine glatte Fläche, in der sich die sinkende Sonne als orangeroter Keil spiegelte.

Ein ferner Himmelsstreifen über dem Meer war noch hell, in der Nähe versank alles in Dunkelheit.

»Tzatzi, bist du noch da?« fragte Harald leise. Er konnte die Blätter der Wolfsmilch nicht mehr auseinanderhalten. Tzatzi schwieg. Oder hatte sie sich einfach davongestohlen? Harald kam sich mit einem Mal sehr verlassen vor. Er fröstelte. Es wurde kühl, die Salzluft legte sich feucht auf seinen Körper. Sobald eine Brise über ihn hinwegstrich, standen die Haare auf seinen nackten Beinen auf. Er spielte schon mit dem Gedanken, freiwillig in die warme Hütte von Wenzel und Ladislaus zurückzukehren, da klang leises Gerassel vom Meer herauf, ein Geräusch wie von nassen Steinen, die die Gischt ans Ufer spült. In das Klackern und Rasseln mischte sich ein hoher fiepender Singsang, der kaum von einem Menschen herrühren konnte.

Harald starrte aufs Meer. In der mondüberglänzten

dunklen Masse bildeten sich Strudel, als hätte das Wasser zu sieden begonnen, und mittendurch pflügte ein Kufenfahrzeug mit einem Sitz obenauf. Fischleiber tauchten aus dem Wasser, in Bögen schnellten sie durch die Luft und stießen kopfüber zurück in die Flut. Neugierig kroch Harald bis an den Rand einer Steinplatte, die direkt ins Wasser führte.
Das Schlittenschiff glitt näher, schwenkte zur Seite und schaukelte Welle um Welle an den Felsen heran. Die Fische, lauter Delphine, tummelten sich im Halbkreis um den Sitz. Ihren Leibern hatte man ein Geschirr aus geflochtenem Seetang angelegt, schön verziert mit Austern und Korallen, die bei jeder Bewegung leise rasselten. Streckten sie ihre Köpfe heraus, keckerten sie, wie nur Delphine es können, im Chor:

Ein Delphin macht wenig her,
zu zweit sind sie putzmunter.
Drei flitzen giggelnd übers Meer.
der vierte taucht kopfunter.

Fünf Delphine sind ein Mob,
sechs fühlen sich als Meute,
doch sieben schwänzeln im Galopp
und machen fette Beute.

Numero acht ist stinkend faul
und schnarcht wie eine Plötze,
der neunte hat ein großes Maul,
zehn staunt darüber Klötze.

Im Halbrund der Delphine tauchte jetzt Kasimir auf, in dessen Maul die Zügel des Gespanns zusammenliefen. Er ragte einen Moment lang aus dem Wasser und sah Harald regungslos an, schlüpfte zurück und tauchte mit der Schwanzspitze wieder empor, die Harald einen unmißverständlichen Wink gab: Einsteigen, und zwar gleich!
Er gehorchte ohne Zögern. Mit ausgestrecktem Arm zog er den Wasserschlitten näher heran und stieg auf den Stuhl, der heftig schwankte, wobei die Delphine in einen Taumel gerieten.
»Donner und Doria!« riefen sie unisono, »Zippzapp Zappzerapp!« und schossen empor. Kasimir brachte die Bande zur Vernunft, indem er mit aller Kraft rückwärts sprang, daß sich die Leinen strafften. Sogleich hielten die Delphine still und reckten brav ihre Köpfe. Kasimir setzte zu einem eleganten Sprung an, der eine schnalzende Bewegung an den Leinen erzeugte, ein Salto mit doppeltem Schwanzschlag. Auf dieses Zeichen hin schnellten die Fische hoch. Ein Ruck, Harald wurde in die Lehne ge-

drückt, und los ging's! Pitschpatsch, pitschpatsch, die Tiere legten sich mächtig ins Zeug. Nach einer Weile fielen sie wieder in ihren Wechselgesang:

Lotte, die Meersau aus Stralsund,
die liebte Pitt, den Zottelhund.
Schwippschwupp! … Schwippschwapp! …
Schwippschwupp!

Der aber hatte sich vergafft –
und jeder fand das fabelhaft –
in Dorothee, das Krokodil
aus Alexandria am Nil
Schwippschwupp! … Schwippschwapp! …
Schwippschwupp!

Da nahm sich die Meersau aus Kummer
zum Mann einen stocksteifen Hummer.
Schwippschwupp! … Schwippschwapp! …
Schwippschwupp!

Die Kufen durchpflügten das Wasser, Harald fühlte sich leicht und beschwingt. Es war für alles gesorgt. Auf dem Sitz lag fein säuberlich zusammengelegt eine Decke. Er wickelte sich in sie hinein, lehnte sich zurück und betrachtete den Himmel. Man hätte ihn für eine ägyptische Mumie auf Mondfahrt halten können, so aufrecht saß er auf seinem Stuhl. Eine Hälfte des Mondes leuchtete hell, die andere löste sich auf in die Nacht. Die Sterne funkelten kalt und fern. Wolken zogen am Mond vorüber, schwarze Wattefetzen, die sich rasch wieder in der Dunkelheit verloren. Irgendwann fielen Harald die Augen zu. Lange noch hörte er den Schlitten rauschen. Das Mondlicht lag auf seinen Lidern, und im Traum sah er Kasimir auf einer Kufe sitzen, an seinem Bauch teilte sich das Wasser, fest hielt der kleine Fisch die Zügel im Maul, und nur das Pochen der Backenhaut zeigte an, daß er noch am Leben war.

## *Schoumou*

Er erwachte von den ersten Strahlen der Morgensonne. Alles lag ruhig. Der Schlitten schaukelte angedockt an einer Hafenmole. Flache Wellen schlugen an den steinernen Damm. Harald rieb sich den Schlaf aus den Augen und streckte sich. Da wurde sein Blick nach oben gezogen. Hinter der Mole erhob sich ein Berg von so gewaltiger Höhe, daß er zunächst an eine Täuschung glaubte. Fast senkrecht schossen die Felsen empor. Mit der Hand die Augen beschirmend, suchte Harald vergeblich den Gipfel. Weit oben verschwamm er im Dunst des goldenen Himmels.

Ob das der Norden ist? fragte sich Harald. So etwas Steiles hatte er noch nie gesehen, steiler konnte er sich den Norden einfach nicht vorstellen. Vielleicht wußten Kasimir oder die Delphine Bescheid. Er beugte sich über den Schlitten und starrte ins Wasser.

Man konnte bis auf den Grund sehen, eine Fläche aus fein geriffeltem Sand. Von einem Fisch keine Spur.

Der Schlitten war mit einem Seil an einen eisernen Ring festgebunden und schwankte neben einer in den Fels gehauenen Treppe. Harald zog an dem Seil und bugsierte ihn dicht an die Stufen heran, sprang hinüber und stieg vorsichtig – die Treppe war mit glitschigem Tang bedeckt – Stufe für Stufe hinauf.

Nicht weit vom Hafen entfernt stand ein Bahnwärterhaus. Harald fand es am klügsten, sich dort etwas umzusehen. Ein einziges Gleis führte daran vorbei, wahrscheinlich einmal um die Insel herum. Bald gab sich das Haus als richtiger Bahnhof zu erkennen, mit allem, was dazugehört: einer weißen Uhr, ausgehängten Fahrplänen, dem Wartesaal und einem Bahnhofsvorsteher. Das Stationsschild war mindestens anderthalb Meter lang, und er begann es geduldig zu lesen:

FÄLTSKÄRNSLÄSNINGFÖRBARN.

Vielleicht bedeutet es Norden auf nordländisch, sagte er sich und ließ es dabei bewenden.

»Die Fahrkarten bittääää!« schnarrte der Bahnhofsvorsteher und sperrte den Rachen auf, daß man seine Zähne sehen konnte, die wie Gesteinsbrocken in dem klaffenden Maul saßen. Es war ein ausgewachsenes Krokodil in blauer Uniform, an der die Knöpfe blitzten. Sein schuppiger Schwanz schleifte am Boden. Am Kopf klebte, ein wenig verrutscht, die schwarzlackierte Schildmütze.

»Die Fahrkarten bittäääää!« sagte das Krokodil und hielt Harald etwas unter die Nase, das einer Fahrkarte nur entfernt ähnlich sah, im Grunde aber nichts anderes war als ein löchriger Lappen. Zögernd nahm ihn Harald in die Hand. Doch als er ihn in seine Jacke stecken wollte, schnarrte das Krokodil abermals: »Fahrkarten bittäääää«, streckte die Pfote aus und sah ihn mit derart herausfordernder Miene an, daß Harald den Lappen zurückgab.

»Danke säährrr«, sagte das Krokodil, nahm das Ding ins Maul, stanzte mit dem rechten Eckzahn ein neues Loch hinein und ließ es in der Hosentasche verschwinden. Offenbar gab es auf dieser Insel nur ein einziges Billett.

»Wenn der Herr warrrten möchtäää«, sagte das Krokodil und machte mit seinen Stummelarmen eine einladende Geste. »Sie haben Värrbindung in zwei Minutään pinktlich auf Gleis eins.«

Daraufhin drehte sich der Bahnhofsvorsteher um und stellte sich in Erwartung weiterer Fahrgäste vor die Tür. Doch niemand kam, und bevor Harald darüber nachdenken konnte, womit sich das arme Kro-

kodil auf diesem gottverlassenen Bahnhof die Zeit vertrieb, schnaufte der Zug heran. »Alles einsteigään und zurrickbleibään!« Harald sprang auf das Trittbrett. Dampfschwaden wallten von der Lokomotive herab, langgezogene Pfiffe kündigten die Abfahrt an. Mit einem Ruck setzten sich die Räder in Bewegung. Harald durchquerte einen schmalen Gang und schaute in die Abteile. Sie waren leer. Die Verbindungstür zum nächsten Wagen klemmte. Um sie zu öffnen, mußte er alle Kraft aufbieten. Das Geratter der Räder, die mit rhythmischem Tadang! Tadang! über die Schienenstöße holperten, toste auf der Plattform zwischen den Wagen. Ohne einer Seele zu begegnen, arbeitete sich Harald nach vorn, bis er schließlich jemanden entdeckte. Dieser Jemand kauerte in der Fensterecke eines Abteils. Er hatte einen kurzen Mantel an, und aus dem Kragen guckte der flache Kopf einer Echse. Ein Auge, das seitlich am Kopf saß und aussah wie ein zerfurchter Hügel, spähte zwei Lidschläge lang zu ihm herüber, dann sank es ins Schummerlicht des Abteils zurück.

Obwohl er gern mit dem Wesen Bekanntschaft geschlossen hätte, wagte er nicht, die Tür zu öffnen. Mit klopfendem Herzen setzte er sich ins benachbarte Abteil und wartete. Niemand kam, auch kein Schaffner ließ sich blicken.

Draußen flitzte Blattwerk vorüber und bildete eine Wand aus dunkelgrünen Fetzen. Bald schaute zwischen den Büschen Gestein hervor, dann verschwand das Grün und machte einer Felswand Platz. Der Zug fuhr in einer leichten Rechtskurve aufwärts. Zum Greifen nah glitten die Felsen am Abteilfenster vorüber.

Über dem gleichförmigen Rattern der Räder wurde Harald immer schläfriger. Die Augen fielen ihm zu, der Hals knickte ein, der Kopf sank auf die Brust. Ein gellender Pfiff ließ ihn auffahren. Der Zug rauschte in einen Tunnel ein, minutenlang herrschte Finsternis. Auf einen Schlag wurde es wieder hell. Dann kreischten die Bremsen.

Ein Bahnsteig wölbte sich hoch, eine Bank glitt vorüber, ein Papierkorb, zwei Blumenkübel, und der Zug stand still. Harald kletterte die hohen Trittstufen hinunter und

sah sich um. Der Bahnsteig war leer, am Ende des Zuges hob ein Schaffner die Kelle und verschwand. Ein Gespensterbahnhof, dachte er und wollte schon wieder zurück. Da stieg die Echse, die er im Abteil nebenan gesehen hatte, aus dem Zug. Sie trug einen kleinen Aktenkoffer. Auf strammen walzenförmigen Beinen stelzte sie davon, gemächlich und ein wenig schleppend, wobei ihr Schwanz, den sie eingerollt als Schnecke trug, unter dem Mantel hervorschaute.

Harald lief der Echse hinterher, hatte aber Mühe, sie im Auge zu behalten, denn ihr Mantel wechselte jeden Moment die Farbe. Marschierte sie an der Ziegelwand des Bahnhofs entlang, färbte sich sein Grau rötlich, ging sie an einer blauen Blumenrabatte vorüber, blaute der Saum merklich nach. Rasch durchquerte Harald den Wartesaal, war im Nu wieder draußen und – stand still. Vor seiner Nase ragte ein Felsen auf, so steil, daß er den Kopf weit in den Nacken legen mußte, um auch nur eine Handbreit Himmel zu sehen. Fast wäre ihm die Echse entwischt. Mitsamt ihrem Köfferchen sah er sie vor einem Kasten, der sich am Fuß des Felsens befand. Als die Echse das Drahtgitter beiseite schob, um einzusteigen, sprang Harald mit hinein.

Die Echse schloß das Gitter und drückte auf einen

Kasimir
Vertrag kleingedr.
Schoumou
Harald schreibt Harald
Ente
Bär
Hosenschlotterer
Gustl Staubitzer in jungen Jahren
Die Tempeltänzerin
Hedwig
Der Koch
Sie verschwinden

Nordlen
Mare Caldaunicum
·HARALD·

Isola Muris
Krakeele
Zisalpina

518 Beamte im Universum
Zwirnegg
Die Mutter
Harald
3 Sidonies
Kapitän Drago
Ratzeputz
Corromini
Das Reh
Ladislaus
Die Grille
Wenzel

Knopf. Die Kabine machte sich vom Boden los und schwebte nach oben. In einem Gehäuse himmelan zu fahren, das aus ein paar Metallstreben, Drahtgeflecht und ansonsten aus lauter Luft bestand, dabei konnte einem schon bange werden. Ob der Boden tragen würde? Er bestand aus einer Metallplatte mit Löchern. Als Harald zu seinen Füßen hinunterblickte, konnte er die Bahnstation sehen. Er rührte sich nicht vom Fleck, ja er wagte nicht einmal, tief durchzuatmen, aus Angst, mit zuviel Luft im Bauch könnte die Last seines Körpers für diesen Boden zu schwer werden.

»Schön, so zu schweben, nicht?« redete das Wesen ihn an. Es hatte eine dünne Stimme, die die Wörter einzeln, ohne Gewicht und mit luftigen Zwischenräumen, aussprach. Kaum heraus, waren sie wie fortgeweht. Die Zunge, die dabei zum Vorschein kam, war höchst sonderbar: dünn, lang und von einer Leimschicht glänzend, sprang sie aus dem Gaumen und servierte die Wörter einzeln, gleichsam auf einem feuchten Tablett.

»Wenn der Boden bricht, zerschellen wir in der Tiefe«, sagte Harald und wagte noch immer nicht die leiseste Bewegung. Der Bahnhof unter ihm war inzwischen kleiner als eine Zündholzschachtel.

»Deine Angst kann ich nachfühlen«, entgegnete die

Echse sanft, »wahrhaftig kein schöner Tod, in einen Abgrund zu sausen.« Dabei zuckte ihr linkes Auge unaufhörlich an Harald auf und nieder, während das rechte sich im Kreise drehte. Beide standen hügelig vom Kopf ab, und in ihre körnige Haut waren dünne Schlitze für die Pupillen eingeschnitten.

»Man würde wohl kaum einen Aufzug bauen, wenn man nicht sicher wäre, daß er tadellos funktionierte, oder?« fragte Harald besorgt.

»Gewiß«, bekräftigte die Echse, über deren Mantel ein grünes Schillern glitt, als der Aufzug einen moosbewachsenen Felsen passierte, »sonst wäre ja auf nichts Verlaß.«

Nach einer Pause, in der sie beträchtlich an Höhe gewannen, wollte sie seinen Namen wissen. Harald stellte sich vor und streckte ihr die Hand hin. Gleich lag darin ein zimtfarbenes Händchen, geformt wie eine Greifzange, deren Haut sich trocken und leblos anfühlte.

»Ich heiße Schoumou«, sagte die Echse, »und weil, wie mir scheint, du dir nicht ganz im klaren darüber bist, welcher Klasse ich angehöre, darf ich hinzufügen: ich bin ein Chamäleon, Chamäleon vulgaris, mit zur Hälfte gezähntem Rückenkamm.« Um Harald einen nachhaltigeren Eindruck von dem Gesagten zu geben, sah sich Schoumou kurz um und streifte seinen Mantel ab – nicht ohne sein linkes Auge schamhaft niederzuschlagen und das rechte schräg nach oben zu rucken –, und wahrhaftig! auf dem Rücken des Tieres saß ein gezackter Kamm, den Schoumou gleich wieder mit dem Mantel bedeckte.

»Nun, da wir Bekanntschaft geschlossen haben, steht deiner Betreuung nichts mehr im Wege«, sagte das Chamäleon, hob sein Köfferchen vom Boden hoch und rädelte so lange an der Zahlenkombination, bis die Schlösser aufschnappten. Darin befand sich ein einziges Blatt und ein Füllfederhalter. Beides hielt Schoumou ihm mit der Bitte um Unterzeichnung entgegen. Es war ein Vertrag, so kleingedruckt, daß nur das Datum deutlich zu lesen war. Gutwillig setzte Harald in runder leserlicher Schrift seinen Namen darunter. Nach Feilschen und Tüfteln stand ihm nicht der Sinn, doch als Schoumou das Papier wieder im Koffer verschloß, konnte er sich die Frage nicht verkneifen, was er eigentlich unterschrieben hatte.

»Deine Liebste und du, ihr bildet vom heutigen Tag an eine verbriefte Gemeinschaft«, sagte das Chamäleon und ließ seine leimige Zunge besonders weit herausschnellen. »Wärt ihr Tauben, hättet ihr einander unter die Fittiche genommen – ohne Brief und Siegel. Da ihr aber nun mal verschieden seid, empfiehlt sich ein Kontrakt. Sicher ist sicher.«

Ohne zu wissen, weshalb, flößten die Worte des Chamäleons Harald einen leichten Ekel ein. Er wechselte das Thema.

»Ob es wohl noch weit ist?«

»Je nachdem«, orakelte Schoumou, »es hängt ganz davon ab, wie gut wir zwei uns verstehen«, wobei er mit beiden Augen so gräßlich zu zwinkern begann, daß Harald sich abwenden mußte.

Unterdessen war die Bahnstation verschwunden. Dunstschleier hüllten den Aufzug ein, Himmel und Erde waren nicht mehr zu unterscheiden.

»Nur Geduld«, sagte Schoumou, »wenn du erst oben bist, ist alle Not vergessen. Du wirst dich gewiß bei uns wohlfühlen, dafür lege ich meine Hand ins Feuer.« Zum Beweis zeigte er Harald seinen rechten Greifer, der sich für einen Moment tiefrosa verfärbte. »Und wenn dich irgendwo der Schuh drückt«, setzte er gönnerhaft hinzu, »ich bin ja da.«

Mit einem Mal begann die Kabine zu ruckeln und zu schwanken. »Das hat nichts zu bedeuten«, sagte Schoumou, dem nicht entgangen war, daß Harald bei jedem Ruck zusammenzuckte. »Hier oben baumelt alles ein bißchen – eine Frage der Gewohnheit, weiter nichts.«

Plötzlich taumelte die Kabine wie toll und schwankte in einen überdachten Raum ein. Noch ein Ruck, ein Knirschen, und sie stand still.
»Geschafft«, rief Schoumou munter und klemmte sein Köfferchen unter die Achsel. »Folge mir!«
Sie waren in Zisalpina angekommen. So jedenfalls stand es auf dem Emailleschild zu lesen, das hoch über der Tür angebracht war, durch die sie das Stationsgebäude verließen. Draußen empfing sie ein kalter Wind. Fröstelnd schlug Harald den Kragen

seiner Jacke hoch und barg die Hände in den Taschen. Nebelschnüre schwebten durch die Luft oder hockten zusammengeballt auf Felsnasen. Zwischen ihnen nahmen die Häuser von Zisalpina vorsichtig Gestalt an. Sie thronten auf schroffen Felsspitzen und waren allesamt aus Glas, dünn und lang. Manche hatten bis zu sieben Stockwerke. Mit vielen Erkern und Balkonen, Treppen und Nischen ahmten sie den gezackten Bau der Felsen nach und saßen wie Türme auf ihnen. Zwischen den Häusern stellten gläserne Hängebrücken die Verbindung her. Von weitem sahen sie aus wie ein Spinnennetz mit silbernen Fäden, vom Luftzug sacht bewegt. In einigen Häusern flammte jetzt die elektrische Beleuchtung auf. Die gläserne Stadt rüstete sich für die Nacht.

Schoumou hatte seine Walzenbeine in Marsch gesetzt und steuerte auf eine der Hängebrücken zu. Kaum betreten, verlor sie sich im fahlen Dunst. Auch Schoumou war darin bald verschwunden, nur seine Aktentasche hob sich noch aus dem Nebel hervor. Zögernd machte Harald ein paar Schritte auf der Brücke. Es war, als ginge er auf Luft. Doch bei jedem Schritt knirschten die Glasplatten und rieben sich an den Profileisen, in die sie eingelassen waren.

»Wo bleibst du denn? Wir sind schon über der Zeit. Also bitte, beeil dich«, drang Schoumous Stimme aus dem Nebel. Seine Aktentasche war nur noch ein verschwommener Fleck. Um das Chamäleon nicht ganz aus den Augen zu verlieren, beschleunigte Harald seinen Schritt. Je schneller er ging, desto heftiger geriet die Brücke ins Schlingern. Er fühlte sich wie auf einem Hochseil. Schwindel überkam ihn, einen Augenblick mußte er sich am Geländer festhalten. Sein Herz pochte wie bei einem gehetzten Tier. Dann gab er sich einen Ruck und lief los. Am Ende der Brücke rannte er Schoumou fast über den Haufen.

»Jaja, das verliebte Herz, stürmisch wie eh und je!« frohlockte das Chamäleon und weidete sich an Haralds Anblick, der vor lauter Keuchen kein Wort herausbrachte.

»Aber jetzt«, und er zwinkerte Harald begütigend zu, »mäßige dich, mein Kind, mäßige dich. Das Hohe Tier wäre nicht gerade entzückt, wenn wir so außer Rand und Band dahergesprungen kämen. Es wäre ganz gegen die Etikette.« Er trat ein paar Schritte zurück und musterte ihn von oben bis unten.

»Sind wir überhaupt richtig in Schale? Laß mal sehen ...«, er ging einmal um Harald herum, zupfte an dessen Jacke, pustete ein Stäubchen weg, brachte die verrutschten Strümpfe in Ordnung und zog schließlich ein Taschentuch hervor, in das er dreimal hineinspuckte, bevor er die Schuhe damit blankrieb. Er fuhrwerkte so lange an ihm herum, bis Harald mit dem Fuß aufstampfte und ihn wegkickte. Schoumou schlug einen Purzelbaum, war aber sofort wieder auf den Beinen.

»Laß mich in Ruhe!« rief Harald wütend, als Schoumou Anstalten machte, sein Taschentuch aufzuheben, um das begonnene Werk fortzusetzen. »Du bist schlimmer als Mama!«

»Laß gut sein, mein Kleiner«, erwiderte Schoumou, »ich verstehe dich ja vollkommen. Du bist nervös. Wer wäre das nicht in deiner Lage? An der Schwelle zum Glück treibt die Angst mit uns Faxen, das geht schließlich jedem so. Aber nun komm, wir müssen uns sputen.«

Schoumou nahm seinen Aktenkoffer und ging voraus, eine schmale Gasse hinauf, die in den Felsen eingehauen war. Ungewöhnlich steil, schlängelte sie sich um eine breite Felsnase herum, auf der sich einige Glastürme drängten. Hell erleuchtet stachen sie vom dunklen Himmel ab. Während sich draußen niemand blicken ließ und der kalte Abendwind durch die Gassen pfiff, herrschte in den gläsernen Türmen ein Gewimmel und Gewusel wie in einer dichtbevölkerten Stadt.

Sie langten bei einem Turm an, der sich durch einen üppigen Vorbau von den anderen unterschied. Ein Baldachin wölbte sich über den Eingang, Scheinwerfer strahlten die Fassade von unten an, ein roter Teppich führte hinaus auf die Gasse, zwei Hasen in grasgrüner Livree spazierten vor dem Eingang auf und ab. Sie tippten an ihre Mützen und öffneten eine riesige Glastür mit goldenem Knauf.
Als Harald den Saal betrat, legte sich ein vielstimmiges Raunen und Schnattern wie eine Wolke auf seine Ohren. Brummen, Zischen, Girren, Wispern, Grölen, Röhren und vielerlei Reden summten über den Köpfen einer unüberschaubaren Zahl von Gästen. Sie standen in Gruppen beisammen und tranken aus Gläsern mit grünlich, rosa und bläulich schimmernden Flüssigkeiten. Tiere und Menschen der verschiedensten Sorte waren vertreten: Italiener, Kalmücken, Seidenäffchen, Norweger, Pekinesen, Möpse und richtige Chinesen, stattliche Hummer, ein Doktorfisch und jede Menge Vögel.
Schoumou zog Harald, der neben dem Eingang stehengeblieben war, am Jackenzipfel durch das Gedränge. Sie näherten sich einem korpulenten Herrn im dunkelgrauen Straßenanzug, der sich zu einem Perlhuhn niederbeugte. Es schaute in Haralds Richtung, wobei es heftig zu dem grauen Herrn hinauf-

gestikulierte und auf ihn eingackerte. Der Mann richtete sich auf und zog seinen Krawattenknoten fest.
»Bist sicher, Schani?« fragte er laut.
»Wetten daß?« sagte das Perlhuhn und wies mit dem Schnabel auf Harald. Immer mehr Köpfe drehten sich herum und starrten ihn an.
»No, des is ja eine Ieberraschung«, rief der Herr im grauen Anzug und kam ihnen auf holzigen Knickebeinen entgegen. Er ergriff Schoumous Hand und schüttelte sie aus Leibeskräften. »No, do wird sich des Maderl vor Freide nimmer aus noch ein kennen!« Dann packte er Haralds Hand. »Wenn den Herrn eine Quisquilie plagt, seien S' net g'schamig und kommen S' zu mir – Staubitzer, Gustl Staubitzer, submissest zu Diensten!«
Er gab Haralds Hand erst frei, als eine Ente herangewatschelt kam, die so aufgeregt schnatterte und mit den Flügeln schlug, daß Harald nur bröckchenweise verstand: »... Willkommen ... allerliebst ... in unserer Mitte ... wie schön!«
Eine Bärentatze streckte sich Harald entgegen, eine Schönheit aus Indien mit rotem Punkt auf der Stirn verbeugte sich vor ihm mit zusammengelegten Handflächen, Zylinder und andere Hüte wurden zu seiner Begrüßung gelüpft, zwei Gänse gesellten sich

dazu und beglückwünschten das Chamäleon zu seinem Fang. Sie schwatzten auf Harald ein, was das Zeug hielt, alle lächelnd und im Tone höchsten Wohlwollens. Der Junge wurde gehätschelt, auf die Wangen geküßt, manche strichen ihm übers Haar, prüften seine Muskeln oder drückten ihm überschwenglich die Hand. Schoumou hatte Mühe, ihn loszueisen, so viele Gestalten umringten ihn und wollten ihn begrüßen.

Harald hier, Harald dort, von nichts anderem mehr war die Rede, ein Empfang wie für einen Prinzen, und der Prinz genoß es sichtlich, derart im Mittelpunkt zu stehen. Huldvoll nickend schritt er, begleitet von Schoumou, durch die Menge, die ihm zujubelte und applaudierte.

*Das Hohe Tier*

»Na, zuviel versprochen?« flüsterte Schoumou ihm ins Ohr und schob ihn auf eine Rolltreppe, die in die höheren Etagen führte. »Die ganze Stadt liegt dir zu Füßen.«
Über sieben Stockwerke ging die Treppenfahrt. Als sie oben anlangten, empfing sie ein neuer Gästeschwall, der ihnen dicht auf den Leib rückte.
»Platz für den Ehrengast!« rief der Bär und bahnte mit seinen Tatzen einen Weg durch die Menge.
»Bitte schön, hier entlang«, brummte er höflich und führte Harald zu einer gläsernen Tür, um die man – an den Seiten mit breiten Bändern gerafft – eine Samtdraperie angebracht hatte, von der Quasten an goldgelben Kordeln herabhingen.
Die Türflügel wurden geöffnet. Vor ihnen lag ein weiträumiger Saal aus Glas. Gläsern war der Boden, durch den man auf die wogenden Köpfe der Menge

in den unteren Stockwerken sehen konnte, gläsern die Decke, die den Blick auf einen schwarzen Himmel mit blinkenden Sternen freigab, gläsern sogar die überall im Saal verteilten Clubsessel und Rauchtischchen, auf denen flache Schalen mit Gebäck standen.

Der Bär führte Harald zu einer Sitzgruppe, die man mitten im Raum um einen Rokokotisch aus Kristallglas angeordnet hatte. Alle Sessel waren frei bis auf einen. In ihm saß ein riesiger Ochsenfrosch. Sein gedrungener Leib steckte in einem Bratenrock, eine prächtige, grünrosa schillernde Fliege prangte am steifen weißen Kragen, aus dem ein halsloser Kopf quoll. Mit schmatzenden Lippen saugte und paffte er an einem qualmenden Stumpen. Lässig streckte er Harald seine olivgrüne, mit dicken Klunkern beringte Hand hin und wies auf den Platz gegenüber, nahm den Stumpen aus seinem Maul und blies ein O in die Luft. Den Kopf zur Seite geneigt, prüfte er Harald mit dem linken Auge, das wie ein Höcker auf der Schläfe saß. Nach und nach setzten sich auch die anderen. Die Gänse teilten sich einen Sessel, der Bär hockte sich auf einen Stuhl, der von seinen Fellmassen verschluckt wurde.

Schoumou tat sehr wichtig. Mit einem triumphierenden Blick auf Harald ließ er den Deckel seines

Aktenkoffers aufspringen, zog den Vertrag heraus und überreichte ihn seinem Chef.
Ringsum wurde es so still, daß man den rasselnden Atem des Froschs hören konnte. Der nahm den Vertrag in die Finger, beugte den Kopf darüber und verharrte gut fünf Minuten in dieser Haltung. Von seinem Stumpen brach ein Aschenstück ab und rollte über seine Hose bis zum Knie, wo es in einer Falte steckenblieb.
»Mmmmmmh«, machte der Chef und warf kurze Blicke auf Harald, der unbehaglich auf seinem Sessel hin und her zu rutschen begann. Ein langes Mmmmmmh, wohlwollend dahingegrunzt aus tiefer Befriedigung über die vielen kleingedruckten Paragraphen, die offenbar ganz nach seinem Geschmack waren.
»Wohl, wohl«, sagte er, nachdem er fertiggelesen hatte, und dieses Wohl hing noch eine Weile in der Luft wie der Rauchfaden über seinem glimmenden Stumpen. Dann fuhr er mit dem Zeigefinger Haralds Unterschrift nach und las mit einer Stimme, die jeden Buchstaben in die Länge zog:
»Harald – hab ich recht?«
Harald nickte. »Würden Sie mir das Papier für einen Augenblick zurückgeben?« fragte er. »Ich hatte leider keine Zeit, es zu lesen.«

»Darauf kommt es auch gar nicht an«, sagte der Chef. Mit zwei Kniffen faltete er den Vertrag auf Postkartengröße und steckte ihn in die Hosentasche.

»Ich möchte Ihnen gewiß keine Scherereien machen, ich gebe Ihnen das Papier gleich wieder zurück …«, versuchte es Harald noch einmal.
»Gewiß, gewiß«, schaltete sich Schoumou ein und tätschelte seine Hand, »aber du darfst dich nicht damit belasten. Was sagen Paragraphen schon über das Glück, das dich erwartet?«
»Ein Glück wie schnäbelnde Federwolken«, schnatterten die Gänse, wobei sie sich ein wenig aufplusterten und ihre langen Hälse ineinanderschlangen.
»Ein echtes Bärentatzenglück«, brummte der Bär und zeigte die Tatze mit den langen Krallen, lachte und entblößte dabei seine großen, makellos weißen Fangzähne.
Gustl Staubitzer hob ein Glas mit grünem Likör: »Die gute Partie bereut man nie«, und prostete ihm zu, ganz wie ein schalkhafter Lebemann.
»Bärentatzen, Federvieh und gute Partie können mir gestohlen bleiben, wenn ich das Papier nicht lesen darf, auf das ich meinen Namen geschrieben habe«, sagte Harald. Er stand auf und stellte sich vor den Frosch. »Gib mir den Vertrag zurück!«
Schoumous Zunge schnellte heraus und verklebte Harald den Mund. Der Bär sprang auf und drückte ihn mit sanfter Gewalt in den Sessel zurück. Die Gänse zischten und reckten ihre Hälse. Nur der

Frosch schien die allgemeine Aufregung zu genießen. Sein Maul verzog sich zu einem breiten Grinsen. Er schlug sich auf die Schenkel, daß die Aschenstäubchen hüpften.
»Haha, hoho! Das Quapperl gefällt mir, gefällt mir sogar *sehr* ! Kameraden, geritzt! Ich sage: Top! Der isses!« Unterdessen war er aufgestanden und nestelte, den Kopf hochgereckt, an seinem Kragen. Senkrecht wie ein Schlot ragte ihm dabei der Stumpen aus dem Maul. Schoumou sprang sofort hinzu und war behilflich. »Quapperlot!« Der Stumpen wanderte von einem Maulende zum anderen. »Quapperlot! Der Kleine hat Pepp!« Schoumou fummelte. Arg verzwickt, die Sache! Das Gummiband, auf dem die Fliege saß, hatte sich tief in die Speckfalten der Froschkehle vergraben, die sich beim Sprechen blähte – und nun mußte er das Band herauspuhlen. Das Hohe Tier ließ vor lauter Ungeduld die Augen hüpfen, fast hüpften sie ihm aus dem Kopf. Gottlob, endlich gelang es Schoumou, den Haken zu lösen und pfffffffft! sauste die Fliege am Gummizug durch die Luft.
Und jetzt den Rock. Schoumou wanderte um den Chef herum und zog am Kragen. Umständlich schälte sich der Frosch aus den Ärmeln seiner Jacke. Das Hemd knöpfte er sich allein auf und zog zuletzt

den Gürtel aus den Hosenschlaufen. Gleich rutschte ihm die Hose auf die Füße, und er stand – niemand schien daran Anstoß zu nehmen – in Unterhosen da: in weiten blaßgelben Bermudas mit Fliegenmuster drauf. Schoumou bückte sich, der Frosch trat aus dem Hosenhaufen, und sein emsiger Diener legte das Beinkleid, Bügelfalte auf Bügelfalte, über die Lehne des Clubsessels.

Das Hohe Tier nahm die Zigarre aus dem Maul, hielt sie vor den Bauch und stellte sich grinsend in Positur. Sein Blick, den er auf Harald richtete, schien zu sagen: Na, da staunst du, was? Doch Harald war nicht sonderlich beeindruckt. Plump und mickrig, irgendwie unglücklich gemischt, kam ihm der Frosch vor. Seine olivgrünen, dunkel gefleckten Beine, spindeldürr und ewig lang, vertrugen sich schlecht mit dem feisten aufgeblähten Oberkörper und dem geschwollenen Kopf ohne Hals. Außerdem war er mit den Gedanken gerade woanders. Den Vertrag unbemerkt aus der Hosentasche zu stibitzen, darauf war er aus. Als hätte Schoumou seinen Plan erraten, legte er sofort seine Hand drauf.

Der Chef war in Hochstimmung. »Und jetzt hinein in die Suppe!« rief er vergnügt, drehte sich um und winkte allen, ihm zu folgen. Munter paffend, mit geschwellter Brust, schritt er voran. Schoumou heftete sich an seine Fersen, der Bär nahm Harald bei der Hand, die Gänse hoben die Füße im Takt und watschelten hinterdrein. Nur Staubitzer ließ sich Zeit. Er leerte noch ein Glas Likör, bevor er sich erhob. Als er die Prozession eingeholt hatte, nickte er Harald zu, wobei er mit den Armen Schwimmbewegungen andeutete.

Quer durch den Saal ging's, bis zu einem Loch, das in den Boden eingelassen war. Ohne lang zu fackeln, sprang der Frosch hinein.

»Moaar, moaar«, sein Gebrüll schallte mit vielfachem Echo daraus hervor, dann ein Platschen irgendwo aus der Tiefe, dann war es still.

»Der Chef is eine große tonkünstlerische Begabung, finden S' nicht?« wandte sich Staubitzer an Harald.

»Ein aufgeblasener Krawallheini, weiter nichts«, sagte Harald und guckte in die Röhre.

Schoumou warf Staubitzer einen bedeutsamen Blick zu, der gab ihn weiter an den Bären, dieser packte Harald, hob ihn hoch und hielt ihn über die Öffnung.

»Hör auf! Laß mich los!« schrie Harald und zappelte mit den Beinen. Alle lachten. »Gut«, sagte der Bär, und zack! plumpste er ins Loch.

»Saubande!« schimpfte Harald und fand sich bereits ein Stockwerk tiefer. Im Grunde war es gar nicht so übel, in Schräglage durch die gläserne Röhre zu sausen, ja, bald hatte er Spaß an der Rutschpartie, die in schwungvollen Kurven abwärts führte. Links links links! Plötzlich ging es nur noch linksherum. Harald schoß durch das Gewinde einer engen Spirale, schlug einen Purzelbaum in der Luft und landete, den Kopf vorneweg, in etwas Flüssigem.

War es überhaupt Wasser? Irgendwie fehlte dem Wasser das Wasserhafte, nämlich die Nässe. Die Flüssigkeit fühlte sich trocken an – wie feiner schlüpfriger Staub, durch den er glitt. Als sein Kopf wieder auftauchte, wurde dessen Winzigkeit von Gästen bestaunt, die sich von der umlaufenden Galerie eines hohen, lindgrün gekachelten Raumes zu ihm hinabbeugten. Tropfen liefen von seiner Brille ab, ohne Spuren zu hinterlassen.

Das Hohe Tier lehnte am Handlauf einer Treppe und führte den immer noch glimmenden Stumpen mit einer großspurigen Bewegung zum Maul. Ein paar Schwimmzüge, und Harald stieg aus dem Bekken. Die Flüssigkeit perlte in quecksilbrigen Tropfen von ihm ab, die auf den Kacheln zerplatzten.

»Raus aus der Suppe, rein in die Familie!« frohlockte der Frosch. Dabei schielte er unentwegt auf die Ärmel von Haralds Jacke, als gebe es da etwas Hochinteressantes zu lesen.

»Donnerlittchen! … Kapitale Quappe!« rief er erfreut und zog mit den Froschfingern gierig die Falten an einem der Ärmel auseinander. Da kam ein glatzköpfiges Männchen auf sie zugelaufen, einen Notizblock in der Hand und hinterm Ohr den Kugelschreiber.

»Na, was bringt die Quappe?« fragte der Frosch. Lesen war nicht gerade seine Stärke.

»Zwohundertmillionenfünfhundertvier … halt, vierhundertmillionenneunhundert … ää … neunhundertmillionenvierhundertachtzehntausenddreihundertachtundvierzig«, murmelte das Männchen versonnen, während es den Kragen der Jacke absuchte.

Was zum Teufel hatten die alle an seiner Jacke zu suchen? Harald guckte dem Männchen auf die Glatze. Er war wohl nicht gescheit, dieser Zwerg! Er schnüffelte an ihm herum, untersuchte die Taschen, die Ärmel, den Saum, las, schrieb, kicherte und brabbelte wieder andere Zahlen in seinen Bart. Bis Harald das Getue satt hatte.

»Würden Sie bitte aufhören, an mir herumzuzupfen«, sagte er, und als das nichts nutzte, schubste er den Zwerg um. Aus den Jackenfalten purzelten gleich mehrere der quecksilbrigen Tropfen hinterdrein. Verwundert nahm er einen Jackenzipfel in die

Hand und sah darauf Reste der Flüssigkeit glänzen. Als eine lange Schnur aus Ziffern lief sie am Saum der Jacke entlang. Die Ziffern waberten bei jeder Bewegung und schienen von einer Haut bedeckt, die sie in Form hielt, wohin sie auch wanderten. Nun schüttelte Harald die Jacke, bis alle Ziffern vollends heraussprangen. Die hatten nichts Eiligeres zu tun, als sich wieder mit der Brühe zu verbinden, und hüpften nacheinander ins Becken zurück.

Gelächter und starker Beifall kamen von oben. Sektkorken, Papierschlangen, ein vielfaches »Hoch soll er leben!«, Konfetti, Pfiffe flogen durch die Luft. Mehr und mehr Zuschauer drängten sich auf der Galerie, schwenkten ausgelassen ihre Hüte, erhoben auf Haralds Wohl ihre Gläser. Der Frosch klopfte ihm anerkennend auf die Schulter. Das Glatzenmännchen hatte sich aufgerappelt. Kaum auf den Beinen, klaubte es Notizbuch und Bleistift vom Boden und wuselte davon.

Das Hohe Tier sparte nicht mit Lob.

»Gebadet, gewogen und beileibe nicht für zu leicht befunden«, erklärte es in getragenem Ton, wobei sich sein Maul zu einem zufriedenen, sehr breiten Grinsen verzog. Harald hätte dem Trubel am liebsten ade gesagt und sich davongestohlen. Da hörte er ein Surren und Quietschen. Unter seinen Füßen begann es zu zittern. Schon ertönte in der Halle Musik, ein fliegender Walzer! Über das Schwimmbad schob sich eine Decke aus Metall, ein richtiger Tanzboden, denn er führte ein Gewimmel von Paaren mit sich, die sich im Takt der Musik drehten und hopsten, wie es ihnen gefiel. Da walzte ein beschwipster Kater tschùmtata tschùmtata! mit Wàrwara, der drallen Blonden aus Taschkent. Ein rotgekämmter Gockelhahn, der stelzte wie ein Zirkel kricketick! im Doppelzwick um eine schlanke Füchsin. Nettelbeck, der berühmte Hosenschlotterer, hüpfte wie ein ausgelaßner Stecken um das eigne linke Bein. Simia jedoch, das Affenkind aus Sumatra, hielt aller Welt ihr Spieglein hin. Und während es sich langsam wiegte, sprang der salamandrische Zébo empor, die Augen des traurigen Kindes zu küssen. Woher Harald ihre Namen kannte? Sobald

ihm jemand ins Auge stach – durch eine Bewegung oder ein Kleidungsstück – fiel ihm der Name ein. Der rotgesichtige Mann mit den Schnittlauchhaaren, der sehr innig mit einem Kapuzineräffchen tanzte, hieß Claas Brustrup und war Däne, das wußte Harald genau. Das Äffchen hieß natürlich Lolita. Monrepos hingegen war der Name des braunen Faultieres, das beim Tanzen nicht einmal den Schwanz bewegte und ständig umzufallen drohte.

»Tanzen kannst du später noch nach Herzenslust«, sagte der Frosch. »Jetzt müssen wir uns der Familie zeigen.« Er war im Begriff, den Bratenrock wieder anzuziehen. Inzwischen war Schoumou aufgetaucht und hatte ihm die abgelegten Kleider nach unten gebracht. Nur mit Mühe konnte die Gummizugfliege an dem dicken Hals befestigt werden. Als der Frosch tipptopp in Schale war, saß sie ein wenig schief.

»Du hast dem Chef einen Glückstag beschert«, schwatzte Schoumou und ließ seine Augen flink durch den Raum schweifen, »schließlich warst du eine Wagnisaktie. Aber jetzt hast du unsere schönsten Erwartungen übertroffen – neunhundert Millionen und ein paar Zerquetschte, wer hätte das gedacht.«

»Bar!« quakte der Frosch. »Alles bar auf die Hand!

Aus der Wanne auf die Pfanne! Laut Kontrakt fließt der Zaster komplett in die Familie.«
Harald drehte sich der Kopf von dem Unsinn, den die beiden zusammenquasselten. Gerade wollte er fragen, was eine Wagnisaktie in der Pfanne bedeute, da verstummte die Musik. Die Tanzpaare zerstreuten sich, und eine Frau, die Harald längst ins Auge gefaßt hatte, näherte sich mit einem Wesen, das an ihrer Hand ging.
»Da kommt es ja, das Töchterchen«, rief der Frosch hocherfreut und eilte Frau und Kind entgegen.
»Ei, ei, ei, hat meine Hedwig gut geschlafen?« fragte er voll Vaterstolz und lüpfte seine Tochter hoch, bis sie ihm über den Kopf reichte.
»Nöö!« Wie eine dicke Schlange wand sich die Tochter in den Armen ihres Vaters. »Weg, weg«, quäkte sie. »Mutti, sag ihm, ich will runter!«
»Willst du Vati nicht erzählen, was wir heute gemacht haben?«
»Nö!«
Als der Frosch sie wieder auf den Boden setzte, rannte sie zur Mutter und vergrub den Kopf in deren Kleid.
Es war kein schöner Anblick, dieses Mädchen. Als es sich wieder herumdrehte, konnte Harald ihm ins Gesicht sehen. Die Augen hatte es von der Mutter.

Sie waren graubraun und schmal. Die Nase hatte weite Löcher und war sehr flach, darunter kam ein Maul, breit und verzogen wie bei einem Frosch. Ein Kinn besaß es nicht. Die untere Hälfte war nach dem Vater gebildet, die obere nach der Mutter. So war das unglückliche Gesicht in zwei Teile zerlegt. Die Haut war von grünlichem Grau und leicht welk.

Die Mutter war zierlich und hatte schöne Augen. Aber sie sah müde aus. Warum die beiden wohl geheiratet hatten? Harald fand beim besten Willen keine Erklärung.

»Sie war damals fast achthundert Millionen schwer, etwas weniger als du«, flüsterte Schoumou, als hätte er in seinen Gedanken gelesen.

An der gemeinsamen Tochter schien sie mit großer Liebe zu hängen. Bekümmert blickte sie in Hedwigs Gesicht, strich ihr eine Haarsträhne aus der Stirn, legte die Hände auf ihre Schultern, ganz wie eine vernarrte Hätschelmutter. Mit einem langen unruhigen Blick musterte sie Harald. Unwillkürlich drückte sie dabei Hedwig an sich. Harald hätte ihr gern versichert, daß er ihrem Liebling bestimmt nichts tun würde, da wurde mit dem Stumpen auf ihn gedeutet: »Liebe Frau, hier steht der langersehnte Schwiegersohn.«

»Das ist bestimmt ein Irrtum, der sich leicht wird

aufklären lassen«, sagte Harald, streckte ihr artig die Hand hin und machte eine kleine Verbeugung.
Die Mutter nahm seine Hand zögernd, hielt sie dann aber im festen Griff. »Mit solchen Dingen scherzt man nicht«, sagte sie nach einer langen Pause und gab Haralds Hand endlich wieder frei.
»Rabäääääää!« machte die Tochter, der es gar nicht gefiel, daß sie für einen Augenblick nicht im Mittelpunkt stand. Um ihre Mutter zu strafen, drosch sie mit winzigen Fäusten auf sie ein. Der Frosch setzte dem Theater ein Ende, indem er Hedwig packte, hochhob, schüttelte und wieder auf den Boden stellte. Vor Zorn verschlug es der Kleinen die Sprache. Schnaufend stand sie da, in ihrem Gesicht eine furchtbare Wutmiene. Sie war größer, als Harald gedacht hatte. Sie reichte ihm sogar knapp bis unters Kinn. In einer Anwandlung von Großherzigkeit strich er ihr tröstend über den Kopf. Da hatte er sich aber verrechnet! Blitzschnell schnappte sich das Monstrum seine Hand und biß ihn in den Finger. Eine so schnelle Reaktion hätte man dem dicklichen Geschöpf gar nicht zugetraut.
»Schön, daß ihr euch auf Anhieb so gut versteht«, sagte der Frosch, während Schoumou hinter seinem Rücken soufflierte: »Da steht dem jungen Glück nichts mehr im Wege.«

Ein zorniger Blick der Mutter ließ das Chamäleon sofort verstummen. Sie liebte es nicht, wenn sich Fremde in Familienangelegenheiten mischten. Zu ihrem Pech tauchten jetzt von überallher Zuschauer auf, die sich herandrängten, tuschelten und mit blitzenden Augen die Szene belauerten. Die Giraffen reckten ihre Hälse, ein Elefant tastete sich mit seinem Rüssel bis an die vorderste Reihe heran, eine Ballerina stand auf der Spitze und lauschte mit vorgeneigtem Oberkörper. Harald erkannte Gustl Staubitzer und den Bären. Verstohlen nickten sie ihm zu.

Schoumou näherte sich mit einem weißen Hemd. Als er es Harald reichte, wurde er selbst ganz milchig davon – wie ein kleines Gespenst.

»Zieh das an!« befahl er und war schon dabei, ihm die Jacke von den Schultern zu streifen. Vorsichtig nahm Harald das Hemd in die Hand. Was für ein kostbarer Stoff! Es war sehr fein gewebt, hatte einen steifen Kragen und ebensolche Manschetten.

»Ein wundervolles Hemd, nur leider viel zu fein für mich«, sagte Harald, »ich käme mir darin etwas fremd vor«, und drückte es Schoumou wieder in die Arme.

Peinliches Schweigen. Alle hielten die Luft an. Mit geräuschvoller Empörung sog die Mama den Atem ein. Hedwig kicherte. Da gab der Frosch dem Bären einen Wink. Sogleich trat er heran, packte Harald und zog ihm die Jacke aus. Schoumou knöpfte ihm das alte Hemd auf, und im Nu hatten sie ihm mit vereinten Kräften das weiße Hemd übergestreift. Das war aber erst der Anfang! Ein Anzug wurde gebracht, Strümpfe, Schuhe, allesamt schwarz. Sie rissen ihm sein altes Zeug vom Leib und zwangen ihn in die neuen Sachen. Zur Krönung des Ganzen banden sie ihm eine Krawatte um, streiften weiße Handschuhe über seine Finger und setzten ihm einen Zylinder auf den Kopf. Es ging alles sehr schnell, und der Bär ließ ihn keinen Augenblick aus den Tatzen.

Als er endlich freikam, packte ihn eine Mordswut. Mit beiden Fäusten trommelte er gegen den Bärenbauch, biß sich vor lauter Zorn auf die Zunge, zappelte, spuckte, schrie. Egal, ob die Knöpfe absprangen oder der schöne Stoff zerriß, er wollte das sperrige Zeug vom Leib haben. Doch wie er auch zerrte und zog – nichts half. Sobald er die Arme bewegte, um sich die Handschuhe von den Händen zu reißen, wurden die Ärmel so steif, daß seine Arme darin feststeckten wie in einer Rüstung aus Metall. Mit hochrotem Kopf und wirren Haaren kämpfte er gegen den Anzug. Zwecklos. Der Stoff umschloß seinen Körper immer enger, bis kein Zentimeter

Spielraum blieb. Am Ende war Harald so erschöpft, daß er fast in Ohnmacht fiel. Schon sackten ihm die Beine weg. Aber der Anzug hielt ihn aufrecht. Nur der Kopf baumelte schlaff zwischen den Schultern.
Die Brille, die im Tumult herabgefallen war, wurde ihm wieder auf die Nase gesetzt. Dann lief alles wie am Schnürchen. Das Hohe Tier nahm ihn am Arm und führte ihn zu Hedwig. Und obwohl sich Harald gegen jede einzelne Bewegung sträubte, mußte er alles mitmachen. Der Anzug führte ihm Arme und Beine. Eisenhart und überall eng anliegend, hatte er das Kommando über seinen Körper vollständig übernommen. Der Kopf, das war noch das einzig Lebendige an ihm. Ihn konnte er schütteln und drehen und, wenn's hart auf hart ging, vielleicht auch mit ihm boxen. Sonst bewegte er sich ruckhaft und starr wie ein Spielzeug mit Schlüssel im Rücken.
Süßes Gefiedel strich durch die Lüfte. Zugleich sprang oben an der Decke eine Luke auf wie bei einer Kuckucksuhr. Helles Licht strömte herab, und mit dem Licht quoll ein Kranz dicker Engelkinder heraus, die auf und nieder schwebten und mit ihren weißen Porzellanarmen Reis auf das Brautpaar schütteten. Bei dem Lied *O komme nun, du holde Zeit!* klappten ihre Unterlippen mitsamt dem Kinn nußknackerartig auf und zu. Sie schienen wirklich

zu singen. Aber wahrscheinlich schnurrten Tonbänder in ihren Bäuchen das Hochzeitsständchen ab:

> O komme nun, du holde Zeit!
> Mach hoch das Herz, die Arme weit!
> Hilf, daß die Braut nicht nervenschwach
> gelange in das Schlafgemach.
> Hilf, daß der Mann millionenfach
> das Geld vermehre unterm Dach.

Unwillkürlich mußte Harald an sein Schaf denken, das Bäh! machte, wenn man es auf den Rücken drehte. Doch für Erinnerungen blieb jetzt keine Zeit. Der Frosch legte die Hände der Kinder zusammen. Harald fühlte etwas Schwammiges in seiner Rechten. Hedwig versuchte wohl einmal, ihr scheußliches Händchen zurückzuziehen, aber da kniff sie das Hohe Tier so fest in die Wange, daß sie es gleich wieder hinstreckte. Und Harald? Nun, der konnte ja nicht anders. Die Handschuhe führten seine Hand zielgerichtet in die ihre. Hedwig sah sich nach der Mutter um, die sich mit einem Schnupftuch die Tränen trocknete. Ein Pinguin mit langen flatternden Rockschößen sprang herbei. Er bettete die Kinderhände auf ein Samtkissen, rief dreimal »Vereint!« und klopfte mit einem Holzhammer auf ihre Finger. Dann warf er das Hämmerchen beiseite, lüpfte seine Rockschöße, watschelte einmal um das Brautpaar herum und schrie: »Juhu«, das Zeichen für den fröhlichen Teil des Abends. Harald sagte noch: »Alles Schwindel. Der Vertrag ist null und nichtig. Ich weigere mich entschieden!«, und vieles andere mehr, doch das ging im allgemeinen Geschrei unter.

Es hagelte Glückwünsche, das Brautpaar wurde gedrückt und geküßt. Gustl Staubitzer machte eine sehr elegante Verbeugung. Nur der beschwipste Kater hatte seine Zunge nicht im Zaum und grölte:

Der Frosch hat einen Sohn erkiest,
Frau Mutter ihn erkoren,
daß bloß das Töchterchen nicht niest,
sonst wird ein Molch geboren!

Auf ein Zeichen des Hohen Tieres war der Bär jedoch sofort zur Stelle und stopfte ihm das Maul. Harald wurde gedrängt, mit seiner frisch angetrauten Braut den Hochzeitsreigen anzuführen. Hinter ihnen ordneten sich die Gäste zu Paaren, und so marschierte die Gesellschaft in den angrenzenden Saal. Den Schluß bildete das Faultier. Mit Müh und

Not wurde es von Staubitzer hinterdreingeschleppt. An der Türschwelle sackte es zusammen und blieb schnarchend liegen.

*Hedwig*

Schwerstarbeit verrichtete der arme Harald, immerzu spannte er die Muskeln an, um die Bewegungen der eisernen Haut zu bremsen. Mit Ellenbogen und Knien stemmte er sich dagegen. Er biß die Zähne zusammen, keuchte, fluchte, blies die Backen auf – alles umsonst. Gegen den Anzug konnte er gar nichts ausrichten. Zwar landete er mit dem Kopf hin und wieder einen Treffer, sobald sich jemand näherte, um ihn zu herzen. Aber was nützte das? Der Zylinder bekam eine Beule und wurde wie durch Zauberhand wieder glatt. An seiner Zwangsverheiratung änderte es gar nichts. Vor Anstrengung zitterten seine Glieder, ihm wurde abwechselnd heiß und kalt. Bald sah er die Hochzeitsgesellschaft mit scheußlichen Grimassen an sich vorüberziehen, ein teuflischer Reigen aus hopsenden Beinen, schiefen Hüten, gebleckten Zähnen, Pelzohren, Echsenköpfen, spitzen Schnauzen, Storchschnäbeln und was es sonst noch für Fratzen gab. Hedwig, die sich am Anfang greinend und schluckend in ihr Schicksal ergeben hatte, verlor langsam die Furcht vor ihrem Bräutigam. Dieses Miststück! Sie führte ihn am Gängelband und zwang ihn, mit trippelnden Schritten um sie zu kreisen.

Von hinten betrachtet, hätte man ihn für einen steifen altmodischen Prinzen halten können. Mit seinen weißen Handschuhen und dem Zylinder ruckte er in gemessenen Stößen dahin, immer an der Hand des Froschmädchens, das ihn durch eine Gasse von Bewunderern lenkte. Wohin es ging und was die Leute plapperten – in Haralds Kopf drehte sich alles zu einem wirren Knäuel zusammen. Da gab es haufenweise zu Essen von silbernen Platten und dampfenden Schüsseln, Sauerampfersuppe, Gurken im Teigmantel, Götterspeise, gebackene Glasnudelnester. Ein riesiger Blumenkohl grinste ihm von einem Tablett entgegen. Immer wieder wurde er zum Tanzen aufgefordert. Irgendwann spät in der Nacht bewegte sich die ganze Gesellschaft schwatzend und lachend aus dem Glasturm hinaus. Draußen wehte ein scharfer Wind, der eiskalt über Haralds verschwitzten Hals hinwegstrich. Sie überquerten die Straße und gelangten in ein kleineres Haus, das wie eine Grotte

in den Felsen hineingebaut war. Nur die Vorderfront war gläsern, innen bildete der Fels die Wände.
Pfoten tappten auf Schuhe, Schwimmfüße auf Krallen, Hufe auf Tatzen. Bis sie in dem Zimmer mit dem großen Bett anlangten, herrschte ein furchtbares Gedrängel. Es war ein echtes Himmelbett, scharlachrot und samten, mit goldenen Troddeln und Kopfwülsten. Endlich konnte er sich hinlegen! Haralds Knie waren butterweich, der Kopf tat ihm weh, im Hals begann es zu kratzen, außerdem schnatterte er vor Kälte. Erschöpft ruckte er mitsamt Schuhen unter die Decke. Der Zylinder rollte ihm vom Kopf, eine kleine Erleichterung. Wenn man ihn bloß in Ruhe gelassen hätte! Er wäre sofort eingeschlafen. Aber so leicht kam er nicht davon. Das Zimmer füllte sich mit Hochzeitsgästen, bis keine Maus mehr darin Platz fand. Alle umringten das Bett. Rufe wurden laut – »Nimm den Hut ab!« – »Rück mir nicht auf die Pelle!« – »Dickbäuche raus!« Die vordersten Reihen sollten sich setzen, damit die hinteren auch was zu sehen bekämen. Eine Giraffe, die mit ihrem

langen Hals die Aussicht versperrte, wurde ins Eck verbannt. Das Nachtkästchen an Haralds Seite wanderte mit viel Tamtam erst über die Köpfe der Besucher, dann zum Fenster hinaus. In Ermangelung eines Sklaven wurde dem Bären ein Palmwedel in die Hand gedrückt. Die Stelle des Kastens hatte man ihm zugedacht. Würdevoll nahm er seinen Platz ein und begann sogleich, in das Himmelbett hineinzuwedeln. Kuddelmuddel, Tohuwabohu, endlich saß jeder auf dem richtigen Fleck. Die Mutter half ihrer Tochter ins Bett. Sorgsam löste sie die Bindschleifen an ihren Schuhen, zog ihr die Strümpfe aus, tätschelte die Waden, hauchte mit mütterlichem Atem über ihre grünen Zehen und streifte wollene Bettschuhe darüber.

»Eine so große Braut zu freien, Manometer, dazu gehört Mut«, ließ sich der Kater vernehmen.

»Mut oder nicht Mut, der Kuß muß sitzen«, orakelte das Perlhuhn und sperrte den Schnabel auf wie ein Küken, das von der Mutter gestopft werden möchte.

Mit sinnreichen Bewegungen ihrer schma-

len Hände belehrte die indische Tempeltänzerin ihre Umgebung darüber, daß es auf die Punkte über der Stirn ankäme. Wenn die nicht aufeinanderträfen, drohten Unglück und schlechte Laune. Sie rate zum Schneidersitz, da könne man sich am wenigsten verfehlen.

Andere schwatzten vom Leichtsinn der heutigen Jugend, manche bemäkelten, der Bräutigam habe einen zu roten Kopf und von seiner Hartnäckigkeit habe es unschöne Proben gegeben. Ob das gutgehen konnte? Das Hohe Tier wies den Bären an, schneller zu fächeln, damit das Brautpaar endlich in Schwung käme.

Gestört von dem ewigen Gefächel und Gewedel vor seiner Nase, wünschte sich Harald die ganze Bande vom Hals. Eine Tasse Tee hätte er gut gebrauchen können oder einen Schluck von Dragos Rum, etwas Zwieback und eine fürsorgliche Hand auf seinem Brummkopf. Statt dessen rappelte Hedwig neben ihm wie eine losgelassene Knallerbse. Sie knüllte die Kissen, schlug einen Purzelbaum und versuchte, am Bettpfosten hochzuklettern. Das Hohe Tier höchstpersönlich mußte einschreiten, sie einfangen und wieder ins Bett stecken. Bis jetzt hatte Harald noch kein vernünftiges Wort mit ihr gewechselt.

»Mach Platz!« fauchte das Miststück. »Du stinkst.«

Sie schob und zerrte an ihm, bis er fast über die Bettkante fiel. Dieser verwöhnte Balg! Am liebsten hätte er ihr werweißwas angetan, aber all seine schönen Pläne waren für die Katz. Harald war viel zu schwach, um auch nur die Hand zu heben.
Mit einem Mal setzte sich Hedwig auf und linste verschlagen auf ihn herab. Sie streckte den Zeigefinger aus, tippte auf seine Wange – Harald fühlte einen kalten feuchten Pieks – und schrie: »Iiiiiiiiiii!«
Murmeln und Flüstern schwebten im Raum.
»I ist der Anfang von Igittigitt, ein schöner Anfang«, raunte das Perlhuhn, über dessen Flügel ein genüßliches Zittern rann.
»Das hätte ich ihr gar nicht zugetraut«, bemerkte der Kater, »sie war immer ein Feigling. Tatsache!« Er ließ die Muskeln spielen und machte einen Theaterbuckel. »Weiter so! Weiter so! Das Weib muß den Mann tüchtig zwicken!«
Durch das Wohlgefallen, das ihre Taten hervorriefen, wurde Hedwig putzmunter. Sie schlüpfte unter die Decke, tauchte gleich wieder auf und riß Harald ein Büschel Haare vom Kopf, packte seinen Fuß, zog den Schuh aus und kitzelte ihn aus Leibeskräften – irr, mit zugekniffenen Augen, als rauschte eine Flasche Bitzelwasser ihre Kehle hinunter. Harald lag stumm da. Beim kleinsten Mucks hätte sich das

Monster gewiß doppelt und dreifach gefreut. Oh, den Triumph durfte man ihr nicht gönnen! Tapferer als ein Indianer am Marterpfahl, zuckte er mit keiner Wimper, wackelte nicht einmal mit den Ohren.
Bald hatten die Gäste das kindische Geplänkel satt. Sie murrten und scharrten mit den Klauen. »Zur Sache!« brummte der Bär. »Zur Sache! Zur Sache!« zischten die Gänse. Selbst das Faultier wurde unruhig und hob seinen Kopf.
Vom Mißmut der Gäste erschreckt, verschanzte sich Hedwig hinter einem Paradekissen. Augen zu, wie die Affen Weißnix-Sehnix-Hörnix, kaute sie an den Kissenfransen. Gemecker wurde laut, auch die ersten Buhrufe. Als die Mutter das Kissen weghob, kroch die verschreckte Braut vorsichtig aus ihrer Ecke und beugte sich über den Bräutigam. Der Hochzeitskuß! Auf ihn, den Kuß der Küsse, hatten alle gewartet. Die Hälse gereckt, kakadustarr und karpfenstumm, Äuglein am Stiel oder geknöpft, Münder spitz und Mäuler offen, stand das verehrte Publikum. »Hhhhhhh«, hauchte eine Eintagsfliege, und bevor daraus ein Hoppla werden konnte, hatte sie ihr leichtes Leben ausgeseufzt.
Vollendete Blödheit lag in seinem Ausdruck, als das graugrüne Molchgesicht auf Harald niederschwebte. Über die stumpfen Augen schoben sich Lider mit

feinen blauen Äderchen. Sie zitterten leicht, zwischen den Augenschlitzen glänzte das Weiße. Seine Brille beschlug, Harald roch ihren Atem. Wie Milch, dachte er, wie sauer gewordene Milch, und ein Würgen schnürte ihm die Kehle zu. Hedwig grinste. Aus dem Grinsen wurde ein spitzer Mund, wie ein Rüssel schob er sich vor, ein gekräuseltes faltiges Etwas in Rot. Es schwebte dicht über Haralds Lippen, die sich hart um seine Zähne spannten. Weg damit! Mit voller Kraft rammte er seine Stirn in den schwammigen Wasserkopf. Ein dumpfer Schlag, und er flog davon. Aus allem, was offenstand und Zungen hatte, brach ein fürchterliches Geschrei: »Mammamia! Zeter! Mordio!« Trillerpfeifenschrill tönte die Mama darüber hinweg. Hedwig war in die Arme der indischen Tempeltänzerin geplumpst und schrie wie am Spieß. Erst als die Mama sie aus dem Schoß der Tänzerin gezerrt und in den eigenen Armen geborgen hatte, beruhigte sie sich ein wenig. Schlaff baumelte das Froschmädchen von ihrer Brust, und obwohl es greinte und also noch am Leben war, regte man sich darüber auf, daß der böse Bräutigam es ermordet habe.

Zwar wagte sich niemand näher an Harald heran, doch aus gebührendem Abstand wurde er mit den schrecklichsten Drohungen überhäuft. Die Gänse

wollten ihm sämtliche Haare ausrupfen. »Kahlkopf! Kahlkopf!« schnatterten sie im Duett. »Wer nicht hören will, muß fühlen!« Der Kater riet, ihn mit glühenden Zangen zu zwicken. Ihm einen Ring durch die Nase zu ziehen, war die Empfehlung des Bären. Ein Kakadu hätte ihn am liebsten am Faden im Universum aufgehängt. Schoumous Vorschlag fand große Zustimmung: »Steckt ihn in einen gestreiften Kittel und bindet ihm eine Eisenkugel ans Bein – die klassische Strafe für Schwerverbrecher«, und er zählte alle Übeltäter auf, die man je mit dieser Strafe bedacht hatte. Doch es fand sich kein Freiwilliger, der den Eisenreif an Haralds Bein geschlossen hätte.

Das Hohe Tier bedauerte man allgemein. War ihm durch den widerspenstigen Schwiegersohn doch ein großes Vermögen entgangen. Wie die Dinge nun einmal lagen, war die Ehe nicht nach der Ordnung geschlossen. Schon munkelte man von Börsenkrach und Kursverfall. Ihm allein gebührte die Entscheidung, was mit dem niederträchtigen Bräutigam geschehen solle. Zunächst wollte er ihn in dem Bad ersäufen, das seinen sagenhaften Reichtum erwiesen hatte. Daran sollte er auch zugrunde gehen, das war nur gerecht. Doch niemand aus der Gefolgschaft, nicht einmal der kräftige Bär, traute sich, Harald

dort hineinzuwerfen. Nach langem Hin und Her entschied der Frosch:
»Wir lassen ihn allein, mutterseelenallein! Soll er verkommen und verderben, uns kümmert es nicht.«
Mit beifälligem Raunen erhoben sich die Gäste, um einen letzten drohenden Blick auf Harald zu werfen. Bevor sie für immer den Raum verließen, schleuderten ihm manche noch ein Schimpfwort an den Kopf:
»Gemeines Stück! Hast deine Strafe wohlverdient!« krähte der Gockelhahn und stolzierte mit geschwollenem Kamm davon.
»Nichtswürdiger! Wie hast du unsere Liebe vergolten«, beschwerten sich die Gänse und watschelten aus dem Zimmer.
Schoumou wagte sich nah an Harald heran und ließ die Zunge fast bis an sein Ohr schnellen: »Dumm, dumm«, züngelte er, »bedauerlich dumm. Man müßte dich windelweich hauen für deine Frechheit!« Ein feuriges Zornrot glitt über seine Schuppenhaut. »Wie stehe ich jetzt da? Ich muß es ausbaden. Der Chef wird mir vorwerfen, ich hätt's ihm eingebrockt!« Seine Augen ruckten durch die Gegend, vor lauter Wut schwatzte er sich einen Knoten in die Zunge.
Gustl Staubitzer war etwas milder. Traurig schüttelte er den Kopf: »So sein's halt, die Buben, bockig

und bös!« Und mit einer Verbeugung schritt er hinaus.
Hedwigs Mutter würdigte ihn keines Blickes mehr. Das Hohe Tier verließ als letzter den Raum. An der Tür drehte er sich noch einmal um und warf seinen glühenden Stumpen nach ihm. Zum Glück brannte er bloß ein Loch in die Bettdecke und erlosch.

Gut, daß sich keiner mehr um ihn kümmerte. Die ewigen Reden an seinem Bett waren Harald wie Schmeißfliegen um den Kopf gebrummt. Er hörte noch, wie die Gänse vor seiner Tür zischten. Es klang höhnisch und spitz. Egal. Mochten die sich ereifern, bis sie schwarz wurden. Er wollte nur noch schlafen, lang und tief, und das gräßliche Durcheinander seiner Reise vergessen. Wie gern hätte er sich jetzt zu Hause auf dem großen Sofa eingerollt, unter der karierten Wolldecke. Seine Eltern hätten mit Gästen zu Abend gegessen, von fern hätte er ihre Unterhaltung im Nebenzimmer gehört, dann wäre er eingeschlafen, und sein Vater hätte ihn später ins Bett getragen.
Statt dessen lag er allein in diesem fremden Zimmer.

Bald zogen wirre Träume durch seinen Kopf. Ratzeputz kam mit wackelndem Kronkorken dahergeschwänzelt. Die drei Mäuse trabten hinterdrein. Vorwürfe, Drohungen, Verwünschungen prasselten auf den armen Schläfer nieder. Jemand hatte ein böses Ei in seinen Traum gemogelt. Der lange Ladislaus war daraus geschlüpft und streckte den zaundürren Zeigefinger bis in den Himmel.
Schoumou öffnete sein Köfferchen, zog den Vertrag heraus und tupfte mit seiner Zunge an jedes einzelne Wort.
Sidonie-Isabell erklärte das Papier für null und nichtig. Sidonie-Karamell riß es in tausend Fetzen. »Den Jungen mit 'nem Halbfrosch zu verkuppeln, wie schändlich und verdreht!« empörte sie sich. »Und«, schrien sie zu dritt, »die Sperre wird jetzt aufgehoben!«
Schweißgebadet fuhr er auf. Seine Knie zitterten. Gottlob fühlte sich der Anzug nicht mehr so hart an. Es gelang ihm, die Handschuhe abzustreifen. Dann knöpfte er die Jacke auf und lockerte den Krawattenknoten, und siehe da, der Anzug benahm sich plötzlich wie ein ganz gewöhnlicher Anzug. Er schaffte es sogar, ihn mitsamt den Schuhen loszuwerden. Nach dieser Anstrengung schlief er, tief in Decken und Kissen vergraben, wieder ein.

Rosa Vorderpfoten krallten sich an die Bettkante, zwei Knopfaugen prüften das Gebiet. Schwupp, saß die Maus auf dem Bett. Eine zweite folgte und eine dritte. »Schläft er?« fragte Sidonie-Isabell.

»Man kann nie wissen«, sagte Sidonie-Grisaline. Zur Probe sprang sie auf das Kissen und spazierte um Haralds Kopf. »Er liegt im tiefen Kummerschlummer«, sagte sie und lief zu ihren Schwestern zurück.

»Du nimmst ihn auch noch in Schutz, wie?« ärgerte sich Sidonie-Karamell, die Kummerschlummer zu wohlwollend fand.

»Wir sollten nicht zu viele Gedanken an ihn verschwenden«, sagte Sidonie-Grisaline.

»Jedenfalls ist er der dümmste Junge unter der Sonne«, sagte Sidonie-Isabell, »faul wie Erbspüree, dumm wie Bohnenstroh. Uns, seinen Schutz- und Glückspaten, einfach davonzufliegen, das ist schon ein starkes Stück!« Am liebsten wäre sie auf die Decke gesprungen, um den Schläfer zu züchtigen.

»Es wird Zeit, daß wir das Heft in die Hand nehmen«, sagte Sidonie-Grisaline und strich sich über die Schnurrhaare. Fell an Fell saßen die drei eng umschlungen. Ihre Schwänze fegten kreuz und quer über die Decke, dann ringelten sie sich ineinander und kamen zur Ruhe. Der graue Morgen sickerte ins

Zimmer und hauchte mit kaltem Atem an die Wände. Mit ihm krochen Nebelstreifen herein. Eine Zeitlang schwebten sie unschlüssig über dem Boden, dann packten sie das Zimmer ein. Ein Schwaden legte sich über den liegengelassenen Palmwedel, ein anderer hockte sich auf den Kleiderhaufen. Gebauschte Luft zog in Schleiern über das Bett und schluckte Haralds Kopf. Bald hatten sie den letzten freien Fleck im Zimmer eingehüllt. Als graue Kleckse mit spitzen Ohren zeichneten sich die Mäuse noch eine Weile darin ab. Sie saßen steif und still. Da wurden die Schwaden dünner und zerrannen zu feinem Dunst. Doch als hätte es der Nebel aufgezehrt, kam das Zimmer nicht wieder zum Vorschein.

Hie und da tauchten aus der Dämmersuppe Köpfe auf. Der stumme Kasimir, Drago mit seiner Pfeife, Corromini und die schwarze Henkermaus, natürlich auch das Faultier und der Hosenschlotterer. Sie saßen weit voneinander entfernt – wie auf einer riesigen Tribüne. Ferngläser vor den Augen, in gespannter Erwartung nach vorn gebeugt, starrten sie auf einen Punkt. Weit hinten, am anderen Ende der Arena, wo sich der Nebel lüftete, stand ein verfallenes Haus.

*Oblivion*

Schwer drückten sich Haralds Glieder ins Bett. Mitsamt Kissen und Decke wurde sein Körper allmählich zu Stein. Alles versank in eine öde Tiefe, die weder Schlaf noch Wachen war, sondern bloß ein leeres dumpfes Brüten. Nur wenige Gedanken tauchten darin auf, und die waren ebenso trübe wie die Zimmerluft, die mit feuchten Fingern nach allen Dingen langte. Auch in das Bett war sie gekrochen und hielt seine Beine kalt umklammert.

Steh endlich auf! hatte er wohl schon hundertmal zu sich selbst gesagt. Umsonst. Verloren in Mattigkeit, konnte er nicht einmal den Kopf heben.

Nur seine Augen wanderten im Zimmer herum. Täuschte er sich, oder hatte der Fußboden unter der Tür Moos angesetzt? An der Decke zeigten sich große scheckige Flecken, und das Fenster hatte einen Sprung. Später, murmelte er vor sich hin, später

werde ich aufstehen und nachsehen, was es damit auf sich hat.
Nach einigen Stunden – waren es Tage? – erwachte er an einem Rauschen, und ehe er denken konnte, es regnet, spürte er Tropfen im Gesicht. Wasser rann von den Wänden und an den Möbeln herab. Die Zimmerdecke, an der es sich in dicken Tropfen sammelte, war brüchig und aufgeweicht. Direkt über Haralds Kopf hatte der Regen ein so großes Loch herausgewaschen, daß man den bleigrauen Wolkenhimmel sehen konnte. Von den durchlöcherten Wänden rieselte der Putz. Tapeten hingen in schweren nassen Lappen herab, Pilze und Flechten überzogen die Wände. An manchen Stellen wucherten sie bis zur Decke hinauf, wo sie in zottigen Büschen herabbaumelten und naß aneinanderklatschten, sobald ein Luftzug in sie hineinfuhr.
»Schlafmütze«, hörte er jemanden sagen, »willst du vermodern?« Es war eine Kinderstimme, doch sie klang tonlos und spröde. »Los, steh endlich auf!«
Schwerfällig richtete er den Oberkörper auf. Vor seinem Bett stand ein Junge und sah ihn aus verwaschenen Augen an. Kaum älter als Harald, wirkte er ziemlich zerzaust. Die Ärmel seiner Jacke waren zerrissen, am Knie hing die Hose in ausgefransten Fetzen herab. Seine Schuhe waren über und über mit

Schmutz beschmiert. Die Strümpfe baumelten lose um die zerkratzten Waden.

»Begrüßt man so einen alten Bekannten?« fragte der Junge drohend, »einen, den man ins Leben gerufen und dann im Stich gelassen hat?«

Ungläubig sah Harald ihn an. Was für ein Unsinn, dachte er, ich habe den Kerl nie gesehen. Oder doch?

»Nun komm«, drängte der abgerissene Junge und zog die Bettdecke fort, »die anderen warten schon.«

Auf einem Stuhl lagen seine alten Kleider für ihn bereit. Als er Dragos Jacke angezogen hatte, fühlte sich Harald etwas weniger matt.

Draußen war die Luft feucht und lau. Reglos hingen die Wolken am Himmel, graue Riesenschwämme, aus denen Nieselschleier auf die Erde wehten. In sanften Mulden wellte sich das Land zum Horizont. Harald war noch ziemlich benommen. Stumm gingen die beiden nebeneinanderher, begleitet vom Schmatzen und Saugen ihrer Schritte im sumpfigen Boden. Als vor ihnen ein Wald auftauchte, blieb der Junge stehen und fragte: »Nun, weißt du Bescheid?«

Harald schüttelte den Kopf.

Der Junge führte ihn geradewegs hinein. Gewisse Tücken merkte man dem Wald gleich an. Wurzeln wälzten sich wie schlüpfrige Schlangen auf seinem Grund. Von den Ästen hing Efeu bis zum Boden herab. Sie mußten durch sperriges Unterholz und wüstes Gestrüpp, das ihnen starr und spitz entgegenschlug. Nie zuvor war Harald hier gewesen, das wußte er genau. Trotzdem beschlich ihn das Gefühl, jeden Baumstamm, jeden Farn und jede moosige Rinde genauer zu kennen, als ihm lieb war. Ein Vogel strich lautlos über ihre Köpfe hinweg. Da zog der Junge eine alte Räuberpistole aus der Tasche und hielt sie ihm unter die Nase.

»Filibuster!« Der Name rutschte von selbst heraus. »Dich hatte ich völlig vergessen.«

»Eben«, bemerkte Filibuster und wurde daraufhin so schweigsam, daß rundherum alles aufhorchte. Füchsen und Hasen sträubte sich das Fell, die Pilze hoben ihre Hüte, ein paar Käfer fielen als Schwermutsleichen von den Zweigen.

»Tja«, sagte Harald und lächelte beklommen, »du hast viel durchgemacht.«

»Alles deine Idee«, sagte Filibuster tonlos, »du hast mich in den Wald geschickt, du hast es Nacht werden lassen, du hast den Kauz erfunden, du hast …«

»Aber das mußte ich doch! Glaubst du, das Reh hätte sonst eine einzige Träne vergossen?«

Filibuster zuckte die Achseln. »Mag sein«, murmelte er, »es kommt jetzt nicht mehr darauf an. Du und das Reh, ihr gehört jetzt zu uns.«

»Zu uns? Was soll das heißen?«

»Ich, du, die anderen«, sagte der Junge gleichmütig und war auf einmal hinter den Bäumen verschwunden.

»Halt!« rief Harald. »Bleib hier! Wer sind die anderen?«

Filibusters Hand winkte ihm durch die Zweige: »Da drüben ist einer.« Harald folgte der Hand, die hie und da zwischen den Bäumen hervorlugte und ihm den Weg wies.

Am Ende des Waldes stand Filibuster wieder vor ihm und zeigte auf ein Denkmal. Es stellte einen Koch dar. Seine Augen waren geschlossen, das Gesicht wirkte etwas wächsern, aber sonst fehlte nicht viel, und man hätte ihn für lebendig halten können. Die schmutzige Schürze war sogar aus richtigem Stoff, ebenso die hohe weiße Mütze. Der Koch neigte in halber Drehung den Oberkörper zurück und hielt in der rechten Hand eine Pfanne. Über der Pfanne – das fand Harald besonders gelungen – schwebte frei in der Luft ein makellos runder, herrlicher Pfannkuchen.

»Großartig«, sagte Harald. »Und wer ist der Künstler?«

»Das weiß man nicht genau. Nur soviel steht fest: er stammt aus der Sammlung der Brüder Grimm.«

Den Namen Grimm kannte Harald. Er wußte auch, daß diese Brüder vor langer Zeit Märchen gesammelt und aufgeschrieben hatten. Er trat dicht an das Denkmal heran und musterte es mit großem Interesse.

»Es wirkt sehr echt, findest du nicht? Ich frage mich, woraus es gemacht ist. Aus Holz? Aus Stein? Oder Pappmaché? Gewöhnlich sind Denkmäler ...«

»Das ist kein Denkmal. Der Koch ist genauso lebendig wie du und ich. Nur ...« Filibuster schwieg und sagte dann: »Setz dich. Ich werde es dir erklären.«

Sie hockten sich zu Füßen der Figur ins Gras.

»Der Koch stammt aus dem Märchen von Dornröschen. Das kennst du doch?«

Harald nickte.

»Dann weißt du auch, daß eine

böse Zauberin alle Schloßbewohner in einen hundertjährigen Schlaf versenkt hat. Egal, was sie gerade taten, sie schliefen auf der Stelle ein. Als dann der Prinz kam und Dornröschen wach küßte …«

»… wachten alle wieder auf.«

»Genau. Alle wachten wieder auf. Nur dieser Koch nicht.«

Harald kannte das Märchen in- und auswendig, doch davon hatte er noch nie gehört.

»Weil er von den Brüdern Grimm vergessen wurde. Und zwar genau an der Stelle, wo sie das Schloß zu neuem Leben erweckten. Ich weiß, da gab es unendlich viel zu beachten: die Hunde mußten wieder bellen, die Hühner mußten wieder gackern. In der Küche sollten nach hundertjährigem Stillstand die Töpfe wieder dampfen, und die Köche durften sich nicht einmal den Schlaf aus den Augen reiben. Sie mußten unverzüglich an die Arbeit. Doch diesen hier« – Filibuster sah traurig zu dem erstarrten Koch hinauf –, »diesen hat man übersehen und weiterschlafen lassen. Zugegeben, er ist bloß ein Unterkoch und spielt im Märchen keine wichtige Rolle. Aber es ist für uns alle schlimm, vergessen zu werden. Wieviel schlimmer muß es erst sein, wenn es dich im Schlaf erwischt. Anstatt hundert Jahre schläft er jetzt für die Ewigkeit. Dabei hat er's im

Stehen nicht einmal bequem. Die Brüder Grimm sind tot, und wenn kein andrer die Geschichte neu erzählt, wird er für immer da stehen bleiben.«

»Könnten wir etwas für ihn tun?« fragte Harald. Das Schicksal des Kochs ging ihm zu Herzen.

»Hier gibt es Millionen von Wesen, denen es ebenso oder schlimmer ergeht. Es ist unmöglich, ihre Geschichten alle neu zu erzählen. Das wissen alle, die in Oblivion leben.«

»Ich meine ja auch nicht alle. Nur diesen einen. Vielleicht könnte ich für diesen einen etwas tun.«

»Ausgerechnet du«, sagte Filibuster, stand auf und ging voraus in die Ebene, die sich hinter dem Koch dehnte.

Wohl oder übel mußte Harald ihm folgen. Er sah noch einmal zu dem Koch auf und nahm sich vor, ihn nicht zu vergessen.

Die Ebene war flach wie ein Bretterboden und endlos wie das Meer. Schütteres Gras bedeckte die Erde, da und dort wuchs ein Strauch, nur wenige Bäume belebten das Bild. Doch sie waren zum Umfallen müde und ließen die Zweige hängen, als hätte sie die Langeweile ausgezehrt. Dazwischen schimmerten verwischte weiße Flecken – wie in einem Bild, das nicht zu Ende gemalt worden war.

»Man hat lange darüber gerätselt, woher die weißen

Flecken stammen«, sagte Filibuster, »manche glauben, jemand hat beim Beschreiben der Landschaft die Lust verloren und sie aufgegeben. Deshalb liegt Oblivion halbfertig da, und wir haben unsere liebe Not damit.«

Harald schauerte bei dem Gedanken, in etwas hineinzutreten, das nicht ganz fertig war. Deshalb rührte er mit der Schuhspitze an jeden Stein und an jedes Grasbüschel. Dann blieb er wieder stehen. Doch diesmal aus einem anderen Grund. Er glaubte, eine Stimme zu hören.

»Die Kutsche, rasch ... steigen Sie ein, Teuerste, steigen Sie ein ... schöne Rösser, prächtige Rösser ... gehören dem Graf, wie? ... ach so, verstehe, verstehe ...«

»Das ist der Russe«, flüsterte Filibuster und nickte in die Richtung, aus der die Stimme kam.

Harald folgte ihm. Das Gemurmel wurde deutlicher. Zunächst sah er nur einen schummrigen Fleck, bis sich aus dem fahlen Licht die Gestalt eines großen, ungeheuer dicken Herrn herausschälte. Er war in Schwarz gekleidet und hockte leicht vornübergebeugt auf einem Stein. Vertieft in sein Selbstgespräch, schien er die beiden nicht zu bemerken.

»Und zum Dessert? Pflaumenmus und ein Likörchen? Ach, nur ein süßes Likörchen«, quoll es aus ihm heraus. Seine Stimme war zäh wie Sirup. »Jaja, mein bester Iwan Iwanowitsch, was wäre das Leben doch so fad, so fad ...«

Er verstummte, hob den Kopf, lauschte, lüpfte dann zur Begrüßung seinen Zylinder, unter dem die blankpolierte Glatze hervorblitzte, und sagte, ohne sich umzuwenden: »Bitte treten Sie näher.«

»Wie heißt er denn?« fragte Harald.

»Wassili Wassiljewitsch«, flüsterte Filibuster.

»Oblow!« ergänzte der Herr in Schwarz. »Wozu hat man mir bereits auf Seite zwölf diesen klangvollen, ungemein kleidsamen Namen gegeben? Etwa um ihn durch schnöde Auslassung verächtlich zu machen? Ich bitte Sie, mein Herr, sagen Sie in Zukunft ein für allemal Wassili Wassiljewitsch Oblow!« Er zog ein fliederfarbenes Seidentuch aus der Westentasche, entfaltete es unter leisen Seufzern und tupfte sich den Schweiß von der Stirn. »Pardon«, fuhr er fort, »man schwitzt so leicht bei diesem schwülen Wetter, im Nu hat man Nasenkatarrh, Sie verstehen, mein Herr. Wie war Ihr werter Name?«

»Harald.«

»Harald!« schnalzte Oblow. »Aber natürlich! Harald Filippowitsch! Daß ich Sie wiedersehe! Ihr Großvater mütterlicherseits – ich kannte ihn gut – war Gouverneur in Tokuljewo. Habe ich recht?«

Harald schüttelte den Kopf: »Leider nein, Herr Oblow, Sie müssen mich verwechseln.«
»Jaja«, lächelte der dicke Herr, »was für ein reizendes Kind Sie damals waren. Im zweiten Kapitel – ich erinnere mich genau – springen Sie vom blauen Diwan und stürzen in den Garten hinaus. Just in diesem Augenblick betritt Ihre verehrte Mutter …« Er brach ab, kam ins Grübeln, murmelte: »Wie war das doch gleich? Trat sie herein oder nicht«, seufzte, »ach Gottchen, ach Gottchen«, und verstummte ganz.
Harald schaute ratlos zu Filibuster, der ihm ins Ohr tuschelte: »Mach dir nichts draus, er bringt alles durcheinander. Außerdem hat er den Koller.«
»Aber was redet er nur die ganze Zeit?«
»Nichts. Das heißt, er redet viel zuviel. Und genau das ist dem Mann, der ihn erfunden hat, fürchterlich auf die Nerven gegangen. Deshalb hat er ihn im dritten Kapitel kurzerhand entfernt.«
»Wie bitte? Entfernt? Hören Sie, werter Herr, man hat mich nicht entfernt! Ich bin ganz von alleine gegangen. Wie heißt es doch auf Seite einhundertsiebenunddreißig im letzten Abschnitt? *In tiefem Groll nahm Wassili Wassiljewitsch Oblow seinen Hut, machte auf dem Absatz kehrt und verließ nach langen hastigen Verbeugungen mit wehenden Rock-*

*schößen den Salon. Krachend fiel die Tür ins Schloß.* Na, was sagen Sie jetzt?«

»Daß Sie danach nie wieder erwähnt worden sind. Mit keinem einzigen Wort«, entgegnete Filibuster trocken.

»Eigentlich schade«, sagte Harald. Er fand Oblow trotz allem sehr imposant.

»Schade? Sagten Sie, schade?« Der Russe geriet in Wallung. »Verehrtester liebster Harald Filippowitsch! Sie glauben doch nicht, daß irgend jemand es in diesem Wirrwarr länger ausgehalten hätte? Kreuz und quer ging die Handlung. Bald wurde man hierhin, bald dorthin geschickt. Nur Schurken und Faulenzer kommen darin vor. Ich frage Sie: Fühlt man sich in so einer Gesellschaft wohl? Mitte Juni bricht über Moskau plötzlich ein Schneesturm herein. War das etwa klug ausgedacht? Nötigen Sie mich nicht, alles haarklein nachzuerzählen. Es ist ein schlechtes Buch, ein miserables Werk! Trotzdem ...« Oblow seufzte, und sein Eifer wandelte sich in Traurigkeit. »Es ist mein Leben. Wissen Sie, ich habe mir meine eigenen Gedanken gemacht, wie man dem Ganzen eine andere Wendung geben könnte. Schon zu Beginn des zweiten Kapitels, wenn der völlig mißratene Graf Gennadi Kusmin von der Entenjagd zurückkehrt, müßte ich zu seiner Gattin sagen: ›Die

Kutsche, rasch! Steigen Sie ein, Teuerste, steigen Sie ein! Schöne Rösser, prächtige Rösser ... die gehören dem Graf, wie? ...‹«

Die beiden zogen sich leise zurück. Oblow war wieder in sein Selbstgespräch vertieft und kümmerte sich nicht länger um sie. Harald wurde es bang ums Herz. Ob alle Bewohner von Oblivion dasselbe Schicksal wie der Koch und der dicke Russe erleiden mußten? Oblow hatte wenigstens seine Geschichte. An der feilte er herum und vertrieb sich die Zeit damit. Aber es würde ihm nie gelingen, in seinen Roman zurückzukehren. Während sie weitermarschierten, hörten sie noch eine Weile die abgerissenen Fetzen seines Gemurmels.

»... Pflaumenmus? ... ein süßes Likörchen? ... mein liebster, mein bester Iwan Iwanowitsch ... das Leben wäre so fad ohne üppige Tafelfreuden ... so fad, so fad ...«

Schweigend gingen sie einen Wassergraben entlang, der das Land in zwei Hälften teilte. Ein Rinnsal wickelte seinen Lauf um allerlei Hindernisse – Geröll, Moder, kleine Stecken – und suchte still unter die Erde zu kommen. Ganz in der Nähe bummelte ein zottiger nasser Ballen über die Halde und blickte den Wanderern gleichgültig nach. Harald wunderte sich, daß das Schaf hier seelenruhig grasen konnte, obwohl an allen Ecken und Enden die tückischen Löcher lauerten. Vielleicht war es das letzte einer großen Herde. Vielleicht würde es eines Tages wie die anderen in ein Loch trotten und dann: Schaf ade!

Sie folgten dem Graben und kamen an eine Stelle, wo sich der Boden zu einer Mulde senkte. Bläuliche Finsternis staute sich darin – die Bleibe der Schatten. Harald erkannte sie nicht gleich. Seine Augen hatten Mühe, sie aus dem Dunkel herauszufischen. Regungslos und teilweise übereinander lagerten die Schatten am Boden der Mulde. Ihre Körper sahen ein bißchen nach Watte und Wolke aus, ohne Knochen, ohne Gelenke. Ihre Haut – wenn man ihre Oberfläche so nennen will – erbebte an der Kaltluft. Hin und wieder rührte der Wind an das Knäuel, preßte die Körper oder zog sie in die Länge. Eine hauchdünne Hand machte sich los und griff nach unsichtbaren Dingen in der Luft. Einer aus der Mulde hob das, was vielleicht sein Kopf sein mochte, und versuchte, ihnen ein Stück entgegenzuwallen. Ganz und gar unnütz! Nach einem halben Meter verließen ihn die Kräfte, und er lag nur noch da, wie eine Qualle so matt.

»Das Vergessen hat sie ausgezehrt«, sagte Filibuster. »Ihre Köpfe sind leer.« Er zog Harald fort zu den

Halbschatten, die am anderen Ende der Mulde lebten. Sie hatten wenigstens eine ungefähre Erinnerung an ihre frühere Geschichte. Lange konnte es nicht mehr dauern, bis auch ihr Gedächtnis vollends erlosch, doch gemessen an denen, die durch und durch Schatten waren, machten die Halbschatten einen soliden Eindruck. Paarweise oder in Gruppen gingen sie auf und ab, ein bißchen schlapp und schlenkerig, rauchten hin und wieder eine Zigarette und unterhielten sich leise. Immerhin besaßen sie eine Art Stimme, mit der sie fiepsten und wisperten. Doch sosehr sich Harald auch bemühte, einzelne Wörter zu verstehen, er hörte bloß ein halblautes Summsen.

Und ihre Gesichter? Hatten sie überhaupt welche? Harald kam Oblow wieder in den Sinn. Wie hatte eigentlich sein Gesicht ausgesehen?

»Oblow?« Filibuster zuckte mit den Achseln. »Der hat doch gar kein Gesicht. Ist dir nicht aufgefallen, daß er sich beim Sprechen immer zur Seite drehte? Er wollte dich nicht erschrecken. Wo für gewöhnlich Mund, Nase und Augen sitzen, ist bei ihm nichts, nur eine verwischte Fläche. Ob aus Versehen oder nicht, man gab ihm jedenfalls nie ein Gesicht.«

»Kein Gesicht?« Er starrte Filibuster entsetzt in die Augen. Augen? Da waren keine. Er starrte in zwei verschwommene Flecken, die etwa zehn Zentimeter über dem Kragen der Jacke schwebten. Harald konnte den Anblick nicht ertragen. Er hielt sich die Hände vors Gesicht.

»Dein Leichtsinn ist empörend«, bemerkte Filibuster. Seine Stimme klang noch trockener als sonst.

»Ich mach es wieder gut«, flüsterte Harald und wäre vor lauter Zerknirschung am liebsten im Boden versunken. Im Zickzack flogen seine Gedanken um die Frage, wie er das Versäumte nachholen und dem armen Filibuster einen vernünftigen Kopf verschaffen könnte. Sollte er ihm Locken geben, blonde Lokken? Meergrüne Augen oder schiefergraue? Das Kinn eher spitz oder rund? Die Nase – aufgeregt wanderten seine Finger über das eigene Gesicht. Es fühlte sich beileibe nicht normal an, dieses Gesicht, sondern hart und flach, als wäre da gar keine Nase. Das einzige, was er zu fassen kriegte, war seine Brille. »Und ich?« Sein Herz raste wie ein Hamster in der Trommel. Da schallte es als vielstimmiges Echo zurück:

»Und ich? Und ich? Und ich?«

»Sind wir etwa fertig, he? ... Mir fehlt der Nabel! ... Hat man auch nur eine Sekunde an meine Ohrläppchen gedacht? ... Und mein Charakter, ist der etwa ausgegoren? ...«

»Charakterkopf, Gulaschtopf!« tönte es laut und schrill. Harald kam die Stimme nur allzu bekannt vor. Als er vorsichtig die Finger von der Brille nahm, sah er das wellige Land zur Spielzeuglandschaft verkleinert. Rundherum staffelten sich Holzbänke wie in einer Arena. Auf den Bänken hockte allerhand Publikum, alte Bekannte, wie er gleich merkte. In der dritten Reihe: Ratzeputz! Mit einem winzigen Opernglas faßte er Harald ins Auge, fluchte, pfiff durch die Zähne, setzte das Glas ab und stieß seinen Nachbarn, den Zwölfender, in die Seite. »Und ich erst?« rief der Angestoßene prompt. »Was ist an mir schon dran außer meinem Geweih?«
Drei Kapellmeister, kaum größer als drei Eierwärmer, stolzierten auf dem untersten Geländer entlang und heizten der Meute ein. Im Rupfen-Stupfen-Takt kurvten ihre Vorderpfoten durch die Luft – hopp! kamen die Gänsekehlen zum Einsatz, und hopp! hatte die Rattenmayonnäs einen Dämpfer weg. Den Basso continuo gab der Bär mit verläßlichem Gebrumm.
Ruckzuck war die Aufführung beendet. Die drei Sidonies drehten sich herum und verneigten sich. Ihr eigenes Wehgeschrei ließ nicht lange auf sich warten: »Unsere Persönlichkeit ist alles andere als einladend«, klagten sie im Chor, »man hat uns zu Gift-

nudeln und Nervensägen gemacht. Wir fordern: Liebreiz, Charme und grundgütige Güte!«

»Es lebe das Gute, das Schöne, das Wahre und das Billige!« Patschpatschpatsch, ein Heinzelmann, mit dem Harald nicht näher bekannt geworden war, spendete sich selbst Applaus. Stolz wies er auf das Preisschild auf seiner Brust, das bescheidene vier Mark neunundneunzig anzeigte und keinen Pfennig mehr.

Das Reh machte seiner Unzufriedenheit Luft, indem es mit einem bockigen Satz übers Geländer sprang. »Ich habe mir immer gewünscht, ein tüchtiges Rauhbein abzugeben«, beschwerte es sich, »und nun bin ich eine Natur ohne Kontur.« Sogleich wurde es vom ärgsten Rüpel am Platze überschrien: »Jedem das Seine! Aber wo bleibt das Meine?« Ratzeputz riß vor Ärger dem Frosch, der eine Reihe unter ihm saß, den Stumpen aus dem Maul und drückte ihn auf Schoumous Kopf aus, welcher feuerrot anlief und nachhaltig zischte.

»Komme ich etwa auf meine Kosten?« Den Blick starr auf die drei Sidonies gerichtet, bemauzte der Kater sein Unglück. »Ein Kater ohne Schneid und Biß, wozu soll das gut sein?« Um alle Welt davon zu überzeugen, daß er keineswegs gedenke, als Pantoffelheld in die Geschichte einzugehen, probierte

er zwei, drei Fangschläge in der Luft. Die Mäuse duckten sich, blieben aber, wo sie waren.
Corromini, der bis dahin würdevoll geschwiegen hatte, ergriff nun das Wort. »Zeit für die Haupt- und Staatsaktion!« forderte er energisch. »Ich weiche nicht eher vom Fleck, als bis der Schuldige den Wirrwarr gelöst und wir alle ruhm- und ehrbedeckt vom Platze gehn. Auf, ans Ende unserer Geschichte!«
»Ach ach ach«, krächzte ein Rabe, »ich fordre Rach Rach Rach!«
Der Bär überging den häßlichen Einwurf und pflichtete Corromini bei. An seinen Krallen zählte er ab, was er sich von Harald erwartete – eine Gemahlin, zwölf Bienenstöcke, eine geräumige Höhle und einen vorbildlichen Winterschlaf.
Man wollte Taten sehen. Alles erhob sich von den Bänken und strömte hinab auf den freien Platz der Arena. Die Sidonies setzten sich an die Spitze der heranmarschierenden Haufen. Sie trugen wichtige Mienen zur Schau, in ihren Pfoten bebten die erhabenen Gesten von Würdenträgern, die man mit allen Vollmachten ausgerüstet in die Verhandlung geschickt hatte. Bei Harald angelangt, schwangen sie ihre Rede: »Ein jedes und jeder will nach Vernunft und Billigkeit seinen Lohn empfangen, das ist doch sonnenklar«, begannen sie im Ton der Vernunft und

lüpften das Thema sogleich in bedeutende Höhe, »weltordnungswidrig ist der Zustand des Halb-und-Halb, der lose und obenhin erzählten Geschichten. Du Kind …« – bei dieser Anrede nahmen die sechs Knopfaugen einen stechenden Ausdruck an – »bist nun in der Pflicht, allen Geschichten eine löbliche Wendung zu geben. Säume nicht und pack es an!«

Harald seufzte. Er fühlte sich stark überfordert. »Bitte habt ein wenig Geduld«, sagte er. »Ich möchte es wirklich jedem recht machen und alle Wünsche erfüllen, aber das braucht seine Zeit.«

»Also bitte, fang an«, wurde er von allen Seiten gedrängt.

»Vergiß nicht, was du mir versprochen hast«, mahnte Filibuster, der befürchtete, in dem Getümmel zu kurz zu kommen.

»Gut, ich will es versuchen.« Harald setzte sich im Schneidersitz auf den Boden und räusperte sich. »Filibuster …«

»Wieso Filibuster?« wollten gleich mehrere wissen. Die Unruhestifter wurden von den Mäusen niedergezischt. Als Schiedsrichterin gab Sidonie-Grisaline das Wort an Harald zurück.

»Filibuster …«, begann dieser von neuem, »Filibuster war der hübscheste Junge weit und breit, sein

Kopf war rund, die Locken blond, und himbeerrot der ...«
»Hübsch hübsch hübsch!« Ratzeputz pfiff verächtlich durch die Zähne. »Die alte Leier! Ein Hübscher taugt keinen Pfifferling, wenn er nicht ratzemoppelfett ist!« Schon maulten und nörgelten auch andere herum, und man geriet allgemein in Streit.
»Das wichtigste ist der Buckel und ein gesträubtes Fell«, behauptete der Kater. Jeden, der etwas anderes verkünden wollte, fauchte er grimmig an. Es dauerte mindestens fünf Mausminuten lang, bis die Sidonies das Publikum durch Drohungen und ein paar handfeste Verwünschungen wieder im Zaum hatten.
Nur die haarspalterisch veranlagte Grille ließ sich das letzte Wort nicht nehmen: »Eine blonde Locke macht noch keinen gescheiten Schopf«, bemerkte sie überklug, »ersst müßte man wissen, wieviel Haare er hat und wie jedess einzelne Haar ausssieht.«
In der Tat, als Harald zu Filibuster hinaufschaute, mußte er feststellen, daß über dessen Kragen eine blonde Locke wie aus Gips schwebte. Wohl oder übel mußte man die Sache mehr im einzelnen anpakken. Also dichtete er ihm kurzerhand viermillionendreihundertfünfundsechzigtausend Haare auf den Kopf. Zuviel des Guten! Ein Murren im Publikum machte ihn sofort darauf aufmerksam. Da die vielen

Haare nicht alle Platz fanden, wo man sie mit Recht erwarten durfte, wucherten sie auch dort, wo eigentlich die Stirn hätte sein müssen. Der nicht ganz fertige Filibuster, durch den an manchen Stellen immer noch der Wind wie durch ein Stückchen Edamer Käse pfiff, sah deshalb wie ein blonder Affe aus.
»Was bist du bloß für ein Stümper!« Sidonie-Isabell warf ihm vor, daß er schon bei den einfachsten Aufgaben versage. Bevor Harald einen Plan fassen konnte, wie er Filibusters Stirn wieder kahl kriegte, schwatzte die Maus bereits von einem Haarausfall und bestimmte die Zentimeter der befallenen Stelle so genau, daß endlich ein vernünftiger Haaransatz dabei herauskam.
Die Mäuse nahmen nun das Heft in die Hand. Um von dort den Fortgang der Verwandlung zu befehligen, hüpfte die eine in seine linke, die andere in seine rechte Hand. Sidonie-Grisaline sprang auf Haralds Kopf und trippelte wie eine geschickte Masseuse darauf herum – aus keinem anderen Grund, als seine Gedanken auf Trab und in die richtige Richtung zu lenken.
Ein bißchen Kopfgehoppel, und Filibuster hatte Ohren mit hauchdünnem Ohrflaum, die Läppchen weich und rosig. Von diesen mustergültigen Ohren ging's im Galopp zu einem blaßroten Mund, nicht

wie ein Strich, kein Krikelkrakel, auch nicht geschwollen wie von einem Bienenstich, sondern genügend groß, um die fest ins Zahnfleisch gebetteten Zähne zu verdecken. Die Nase kriegten sie ziemlich gerade hin. Natürlich wurden die Augen meergrün – Sidonie-Grisaline wackelte dabei wie ein Beutelchen Sülze, während die anderen beiden in Haralds Hände zwickten, um durch Gedankenbisse graue Sprengsel – klimperkleine Spritzer Mäusedreck – in Filibusters Augen hineinzupraktizieren. Mit dem Kinn gaben sie sich nicht allzulange ab. Es wurde in einem Sprung erschaffen: rund, wie es alle Welt hat.
Schon wollte sich Harald mit dem Geleisteten zufriedengeben – mit der letzten hautbedeckten Stelle flatterte ein Spitzbubengrinsen in Filibusters Mundwinkel und zappelte dort einnehmend herum –, da wurde er von den Mäusen zur Ordnung gerufen. Noch war der Junge eine beklagenswerte Mißgeburt. Anstelle der Hände hatte er komische Verwachsungen. Ein Biß Sidonie-Isabells genügte, um Harald die Augen zu öffnen. Da setzten sich Sidonie-Grisalines Hinterpfoten wieder in Bewegung. Was dabei herauskam? Alsbald guckten aus den Ärmeln seiner Jacke kräftige Hände mit Nägeln, unter die noch keine Krume Schmutz gekrochen war.

Im Publikum tauschte man verständnisvolle Blicke. Gerne gab man sein Jawort zu dieser bemerkenswerten Leistung. Der Heinzelmann spendete Lob in sämtlichen Dialekten, bis Gustl Staubitzer ein Sacktuch aus der Tasche zog und ihm den Mund zuband. Oh, man war ja so friedlich gestimmt. Filibuster streckte Harald seine frische Hand zur Versöhnung hin. Da schlug ohne erkennbaren Grund, weil eine böse Laune es zwickte, im Publikum die Stimmung um. Gezisch, Bauchknurren, mißbilligendes Kopfschütteln machten die Runde.

Die Grille feilte in ihrer schärfsten Tonlage: »Wo bleibt die Herz- und Nierenprobe? Inwendig isst er praktisch ein unbeschriebeness Blatt!«

»Was ist mit seiner Leber?« erkundigte sich der Kater und jagte mit der Zunge über die grauweiß getupfte Schnauze. »Könnte man sie feingehackt im Napf servieren?«

»Stopfleber, Kopfkleber!« Wie immer gefiel sich Ratzeputz in der Rolle des Aufwieglers.

Darüber regten sich nun die Gänse über Gebühr auf. »Es hängt uns zum Hals heraus!« zischten sie aufgebracht. Damit man ihnen aufs Wort glaube, vollführten sie mit ihren Hälsen würgende Bewegungen und erbrachen im Duett zwei erbsengrüne Nichtse. Mal abwarten, sagten die sich und spielten einen Augen-

blick lang, als alle Welt sie begaffte, Toter Mann. Auf Beinen, die niemand unter ihnen vermutet hätte, nahmen sie Reißaus, sobald sich das Interesse an ihnen gelegt hatte.
»Beschäftigen wir uns endlich mit vernünftigen Dingen«, verlangte das Hohe Tier.
»Jawoll! Mit mir!« Die Mayonnäs brüllte unter voller Ausschöpfung ihrer Rattenlungen. Um sie gebührend zu unterstützen, stimmte ihre Leibgarde gleich fünfmal den Hochleberuf an.
Corromini und andere Würdenträger, natürlich auch die Henkermaus, versuchten vergeblich, Herr der Lage zu werden. Es hagelte Zwischenrufe, der Lärm schwoll bedrohlich an. Schon waren die schlimmsten Raufbolde bereit, aufeinander loszustürzen. Harald sprang auf, und im Zorn wünschte er sich einen großen Karton. Geräumig genug sollte er sein, um die ganze Bande in sich aufzunehmen!
Der Wunsch muß in dem großen Himmelsohr vernehmlich angekommen sein. Man beeilte sich – und siehe da, es fiel ein riesiger Karton herunter, der beim Aufprall seine Deckel einladend aufklappte.
»O so prompt«, freute sich Harald und fackelte nicht lang. Gleich hatte er den größten Schreihals am Schlafittchen. Ratzeputz verfiel in Genickstarre, doch seine Leibgarde zeterte für zehn. Zack! war er

weg. Die weißen Mäuse samt Gespann, Corromini und die Henkermaus flogen hinterdrein. Das Geschrei drumherum und die komische Steifheit all derer, die er zu fassen kriegte, brachten Harald erst richtig in Fahrt. Das Hohe Tier erwischte er an seiner Gummizugfliege. Wie ein Erhängter baumelte der Frosch zweimal auf und nieder und verschwand mit bißchen krrr krrr in der Kiste. Schoumou nahm noch im Flug die bräunliche Färbung seiner künftigen Bleibe an. Hedwig und Hedwigs Mutter verschwanden darin ohne einen Ton.

Mit der Größe seiner Gegner wuchs Haralds Kraft. Zug um Zug griff er sich stattlichere Exemplare heraus. Der Hosenschlotterer, überhaupt das ganze Tanzgesindel kam ihm sehr leicht vor, und er warf die Leutchen zu Paaren hinein. Nur mit dem Faultier hatte er Mühe. Es wog wie Blei und füllte seine Hand vollkommen aus. Gustl Staubitzer hingegen entfernte sich nach der Art höflicher alter Herren, die wissen, wann ihre Stunde geschlagen hat. Nachdem er den Hut gezogen und sich empfohlen hatte, kletterte er von selbst in die Kiste. Dafür mußte Harald den Bären mit beiden Armen hochstemmen, um ihn da hineinzukriegen.

Ladislaus und Wenzel zählten zu den wenigen, die sich mannhaft verteidigten. Ladislaus verbiß sich in seinen Daumen, und Wenzel spuckte und tobte so wild, daß er ihn fast wieder losgelassen hätte. Dagegen blieb der Heinzelmann ganz steif, als er ihn an der Zipfelmütze packte. Vertrauensvoll grinste er in die Welt, als habe Harald etwas sehr Schönes mit ihm vor.

Der Zwölfender war etwas sperrig. Obendrein verfingen sich seine armen Eltern in dem Geweih. Gab das ein Gejammer! Aber es war jetzt nicht der Moment für übertriebene Rücksichten. Doktorfisch und Grille, die Gänse und die indische Tempeltänzerin verschwanden ohne Trara im Karton. Fridolin glitschte ihm ein paarmal durch die Finger, bis er ihn am Bauch hochhob und in die gewünschte Richtung schickte. Vergnügte Seifensieder, die sie waren, nahmen die Delphine alles auf die leichte Schulter. Sie nutzten Haralds Handflächen als Sprungbretter und köpften dem Hering hinterdrein. Die, die jetzt noch übrig waren, wehrten sich verzweifelt. Der Kater fauchte und kratzte wie ein Halbstarker. Auch die Schatten waren nicht leicht einzufangen. Aber rechtzeitig davonzurennen fiel offenbar niemandem ein. Er kriegte alle zu fassen.

Zu guter Letzt blieb nur noch Filibuster übrig. Wie er so vor ihm stand, die neue Haut noch ganz blaß, rief Harald die Stimme des Gewissens seine Vorzüge ins Gedächtnis. Hatte er etwa herumgelärmt wie alle anderen? Hatte er ihm nicht sehr wenig Kummer bereitet? Harald seufzte. »Aus Vollständigkeitsgründen«, entschied er und warf ihn in die Kiste.

Wo waren die Mäuse geblieben? Drei mausähnliche Wesen, wie ausgeleert vom Tagesgrauen, verschwanden in einem der weißen Flecken von Oblivion.

Harald klappte die Deckel der Schachtel zu. Eine Schnur fiel vom Himmel und ein dicker Bleistift dazu. Als er das Paket verschnürte, rappelte es darin wie kurz vor einer Explosion. Er mußte sich draufsetzen, sonst wäre ihm die Bande wieder um die Ohren geflogen. Der Lärm legte sich erst, als das Paket verknotet war und er die Adresse obenauf geschrieben hatte.

Erschöpft setzte er sich hin. Das Ganze war doch über seine Kräfte gegangen. Die Beine wurden schlapp, der Rücken fühlte sich taub an, die Arme schienen aus Gummi zu sein. Da legte er sich der Länge nach ins Gras und starrte in den Himmel.

»Um Gottes willen, wach endlich auf!« Es war die Stimme seiner Mutter, die sich über ihn beugte und mit dem Handrücken seine Wange befühlte.
»Das ist nicht meine Braut!« rief Harald und richtete sich auf.
»Was ist los mit dir? Woher kommt das Blut?« fragte ihn die Mutter und tastete seinen Kopf ab. Das Blut war längst trocken und stammte von einer kleinen Wunde an der Stirn.
Noch etwas wacklig auf den Beinen, stand Harald da.
»Bist du hingefallen?« fragte die Mutter besorgt.
Harald hatte keine Ahnung.
»Und wem gehört die Jacke, die du anhast?«
»Drago hat sie mir geschenkt«, sagte Harald. Langsam kehrten seine Gedanken zurück.
»Drago? Wer ist Drago?«
Er schwieg. Die Geschichte mit Drago würde er seiner Mutter nie erklären können.
Sie machte sich ernsthaft Sorgen. Harald mußte ins Bett. Der Arzt wurde gerufen und träufelte ihm zwanzig Tropfen auf die Zunge. Drei Tage lang hatte er hohes Fieber. Am Morgen des vierten Tages klingelte es an der Tür. Es war der Postbote. Bald darauf überreichte ihm seine Mutter ein Paket.
Es war ziemlich leicht. Als Harald es zur Probe

schüttelte, kollerte etwas darin herum, das auf eine nicht ganz sachgerechte Verpackung schließen ließ. Oder war der Inhalt geschrumpft? Auf dem Absender stand: *Von Drago Draginowitsch, Kapitän zur See, derzeit jenseits der Großen Gardine.*

Er langte nach einer Schere und schnitt die Schnur entzwei. Zum Vorschein kamen eine Handvoll Sand, ein Kronkorken, Muschelsplitter, eine Pfeife und drei Spiralen Mäusedreck. Dazu ein großes weißes Taschentuch. Fast hätte er die Stickerei übersehen. Erst als er die Brille aufsetzte und das Tuch gegen das Licht hielt, konnte er die Inschrift lesen: *Dem tapferen alten Knaben in Anerkennung seiner großen Verdienste zu Lande, zu Wasser und in der Luft!*

Glücklich sank Harald ins Kissen zurück. Heute abend würde er wieder bei Kräften sein und sich um den Koch kümmern. Mal sehen, mit welcher Geschichte er ihn zum Leben erwecken könnte.